双葉文庫

はぐれ長屋の用心棒

長屋あやうし

鳥羽亮

目次

この作品は双葉文庫のために書き下ろされました。

長屋あやうし　はぐれ長屋の用心棒

第一章　ならず者

一

腰高障子が白くかがやいている。陽射しの加減から見て、五ツ（午前八時）ごろであろうか。伝兵衛《でんべえ》長屋はひっそりとしていた。どこからか、子供の声と女の笑い声が間延びしたように聞こえてきた。亭主たちが働きに出て、女房たちが一休みしているころなのであろう。

……起きるか。

華町源九郎《はなまちげんくろう》は腹をおおっていた掻巻《かいまき》を撥《は》ね除《の》けて身を起こすと、両手を突き上げて伸びをした。肩口に継ぎ当てのある単衣《ひとえ》によれよれの袴姿である。

昨夜、同じ長屋に住む菅井紋太夫《すがいもんだゆう》と酒を飲みながら夜遅くまで将棋を指し、着替えるのが、面倒なのでそのまま寝てしまったのだ。

源九郎は立ち上がると、捲《まく》れ上がった袴をたたいて伸ばし、乱れた髷《まげ》や鬢《びん》を指先で直したが、何とも不様な格好だった。肌は薄汚れ、白髪の混じった月代《さかやき》や無精髭が伸び、目頭には目脂《めやに》がついている。華町という名に反して、ひどくうらぶれた姿である。

源九郎は還暦にちかい老齢だった。背丈は五尺七寸ほど。丸顔ですこし垂れ目、茫洋《ぼうよう》とした憎めない顔付きをしていた。生業《なりわい》はお定まりの傘張りだが、稼ぎだけではとても暮らしていけず、華町家からの合力でなんとか口を糊《のり》していた。

源九郎は五十石取りの貧乏御家人だったが、五十半ばのころに倅の俊之介《しゅんのすけ》が君《きみ》枝《え》という嫁をもらったのを機に家督をゆずって隠居の身になった。そのころ妻は病死しており、源九郎は独り身の気軽さもあって、家を出て気儘《きまま》な長屋暮らしを始めたのである。

源九郎は流し場に立ち、柄杓《ひしゃく》で水を汲んで飲むと、

「さて、顔でも洗ってくるか」

とつぶやき、手ぬぐいを肩に掛け、小桶をかかえて障子をあけた。

カッ、と初夏の陽が照りつけてきた。殴りつけるような初夏の陽射しである。

源九郎は目を瞬《しばたた》かせながら、井戸端へむかった。

井戸端に、お熊《くま》とおまつの姿があった。ふたりは盥《たらい》を前に屈み込んで洗濯をしていたが、手はとまったままだった。何やら小声で話し込んでいる。

お熊は四十過ぎ、日傭取《ひようと》りをしている助造《すけぞう》の女房で、源九郎の斜向《はす》かいに住んでいる。でっぷり太った肉置《ししお》きで、恥ずかしげもなく大根のような太い足をひろげて薄汚れた赤い二布《ふたの》を覗かせていた。色気などまったくないが、心根はやさしく面倒見がいいので、長屋の住人には好かれていた。

おまつはお熊と同じ棟に住む女房で、亭主の名は辰次《たつじ》。夫婦の間に庄太《しょうた》という子供がいる。

お熊とおまつは同じ年頃だし、亭主が同じ日傭取りのせいもあって気が合うようだ。亭主を送り出した後、井戸端で話し込んでいる姿をよく見かける。

……何かあったのかな。

源九郎は、ふたりに近付きながら、いつもとちがうような気がした。

ふたりは他人の耳などまったく気にせず、声高《こわだか》にしゃべっていることが多いのだが、今日はどういうわけか身を寄せて小声で話しているのだ。それに、ふたりの顔には屈託の色があった。

「水を使わせてもらうぞ」

源九郎はそう言って、釣瓶《つるべ》を手にした。

「旦那、起きたばかりなんですか」

お熊が源九郎を見上げて訊《き》いた。

「昨夜、菅井に将棋を付き合わされてな。つい、朝寝坊してしまったのだ」

源九郎は苦笑いを浮かべながら言った。

「独り者はいいねえ、気楽でさ」

お熊は呆《あき》れたような顔をして言ったが、声は沈んでいた。それに、いつもなら、すぐに冗談のひとつも言い足すのだが、口にしたのはそれだけである。脇にいるおまつも何も言わず、顔を曇らせている。

源九郎は釣瓶で汲んだ水で、まず、口をすすいでから小桶に移して顔を洗った。そして、源九郎が濡れた顔を手ぬぐいで拭き終わると、それを待っていたかのようにお熊とおまつが立ち上がり、源九郎のそばに身を寄せてきた。

「ねえ、旦那、滝造《たきぞう》のことを聞いてます」

お熊が源九郎の耳元で言った。

「長屋に越してきた滝造か」

半月ほど前、長屋のあいていた部屋に滝造という男が越してきたのだ。まだ、滝造と話したことはないが、顔を合わせたことはある。赤ら顔で眉《まゆ》が濃く、目がぎょろりとしていた。三十がらみで、腕っ節の強そうな大柄な男である。長屋の住人から小耳にはさんだことによると、生業は船頭とのことだったが、昼間から酒を飲んで部屋でごろごろしていることが多いようだ。

「その滝造だよ」

お熊が顔をしかめて言った。脇にいるおまつも、眉宇《びう》を寄せて困惑の表情を浮かべていた。お熊が、滝造と呼び捨てにしていることから推《お》しても、滝造を嫌悪していることが分かる。

「何かあったのか」

源九郎が訊いた。

「あいつ、ひどい男でね。お峰《みね》さんとこの竹坊《たけぼう》を殴りつけたらしいんだよ」

「七つになる竹助《たけすけ》か」

お峰はぼてふりの利平《りへい》の女房で、竹助という子がいた。一人っ子で、利平夫婦は目のなかに入れても痛くないほど可愛がっている。

「そうだよ」

「どうして、竹助を殴ったのだ」

「竹坊が戸口から走り出たとき、通りかかった滝造に突き当たったらしいんだ。それで、滝造のやつ、腹をたてていきなり拳固《げんこ》で竹坊の頭を殴りつけたんだってさ。まったく、ひどいったらありゃァしない」

お熊が腹立たしそうに言った。

「それで、竹助は怪我をしたのか」

「頭に大きなたんこぶができてるよ」

お熊はおまつといっしょにお峰の家へ行き、竹助の頭を見てきたことを言い添えた。

「短気な男のようだな」

飛び出した子が突き当たったからといって、いきなり殴りつけるのは大人げないと思った。

「それに、仕事にも行かず朝から酒飲んでるしさ。いったい、何して暮らしてるんだろうねえ」

お熊がそう言うと、

「あたしは、何かよくないことに手を染めてると睨《にら》んでるんだよ」

と、おまつが声をひそめて言い添えた。

「うむ……」

源九郎にも、滝造が真っ当な男には見えなかった。

源九郎が出会ったときも、滝造は棒縞《ぼうじま》の単衣を裾高に尻《しり》っ端《ぱ》折《しょ》りし雪駄《せった》履きで、遊び人のような格好をしていたのだ。

「嫌なやつが、越してきたねえ」

お熊が溜め息交じりに言った。

そのときだった。長屋の奥の方から男の怒鳴り声が聞こえ、言い争うような声につづいて、溝板《どぶいた》を踏む下駄の音が聞こえた。

「だ、旦那、おみよさんだよ」

お熊が丸く目を剝《む》き、声をつまらせて言った。

見ると、おみよは両手で何かを大事そうにかかえ、ひどく慌てた様子で走ってくる。おみよは、又八《またはち》というぼてふりの女房で、伝兵衛長屋の住人である。

「言い争っているのは、孫六《まごろく》か」

怒鳴っているひとりは孫六らしい。もうひとりは、聞き覚えのない胴間声《どうまごえ》だった。

孫六はおみよの父親で、還暦を過ぎた年寄りである。番場町《ばんばちょう》の親分と呼ばれていた岡っ引きだったが、中風を患ったのを機に引退し、おみよの許に身を寄せていっしょに暮らしているのだ。

おみよは、源九郎たちのそばに走り寄った。手に抱えているのは、御包《おくる》みにつつんだ赤子である。名は富助《とみすけ》。まだ生まれて半年ほどだった。長年子供ができなかった又八夫婦にとって、富助はやっと生まれた待望の子であった。

二

「は、華町の旦那、助けて……」

走り寄ったおみよが、声を震わせて言った。顔が紙のように蒼ざめている。

「どうしたのだ」

「滝造さんが、富助の泣き声がうるさいと怒鳴り込んできたんです。そ、それで、おとっつァんと、言い争いになって」

おみよがそう言うと、お熊が、

「あの声は、滝造だよ!」

と、目をつり上げて言った。

「ともかく、行ってみよう」

源九郎は小桶を手にしたまま走りだした。その源九郎の後に、おみよ、お熊、おまつと女たちがつづいた。どういうわけか、富助のちいさな笑い声が聞こえた。母親の手で揺すられているのが、嬉しいのかもしれない。

孫六の家の前に人だかりがしていた。騒ぎを聞きつけて集まってきた長屋の女房、子供、年寄り連中である。その人垣のなかから、孫六の喚《わめ》き声と滝造らしい男の怒鳴り声が聞こえた。まだ、やりあっているらしい。

源九郎が走り寄ると、華町の小父《おじ》ちゃんだ、という子供の声が起こり、人垣がどっと左右に割れた。

見ると、大柄な滝造が左手で孫六の胸倉をつかみ、睨みつけていた。孫六も顎を突き出すようにして右手を振り上げていたが、痩《や》せた体がのけ反り、いまにも後ろに倒れそうだった。まるで、熊と老猿が顔を突き合わせていがみあっているようである。

「ふたりとも、手を引け！」

源九郎が大声で言った。

「華町か」

滝造の顔に一瞬狼狽《ろうばい》の表情が浮いたが、すぐにふてぶてしい顔にもどり、

「おめえさんには、かかわりのねえことだ。引っ込んでいてくれ」

と、睨むように源九郎を見すえて言った。

するとの、孫六が胸倉をつかんでいた滝造の手を振りほどき、

「だ、旦那、このやろう、いきなり、あっしの頬を張りゃァがったんですぜ」

と、激昂して言った。なるほど、頬が赭黒《あかぐろ》く腫《は》れ上がり、唇の端が切れて血が流れていた。

「この爺々《じじ》いが、へらず口をたたくからだよ」

滝造が、なんなら、もうひとつ張ってやろうか、とうす笑いを浮かべて言った。

「なんだと、年寄りだと思って馬鹿にしやがると、ただじゃァおかねえぞ」

孫六が向きになって言った。

「待て、待て」

源九郎がふたりの間に割って入った。

「滝造とやら、手を引かぬなら、わしが相手になるが」

そう言って、源九郎は滝造に顔をむけた。その場の状況から見て、源九郎は理

不尽なのは滝造だと思ったのだ。滝造は赤子の泣き声がうるさいと怒鳴り込んできた上に、孫六に平手打ちをくらわしている。

「お熊、これを持ってくれ」

源九郎は脇にいたお熊に小桶を手渡した。

源九郎は無腰だったが、滝造も素手だったので、後れを取るようなことはないだろうと踏んだのである。

「ヘッ、二本差しとやる気はねえよ」

そう言うと、滝造はゆっくりと後じさりし、源九郎との間があくと、おめえさんにも、後で挨拶《あいさつ》させてもらうぜ、と捨て台詞《ぜりふ》を残してきびすを返した。

滝造の後ろ姿が遠ざかり、庄太という子供が、わあい、逃げた、逃げた、と囃《はや》し立てるように声を上げると、集まっていた女子供や年寄りの間からいっせいに歓声と滝造に対する罵声《ばせい》が起こった。長屋の住人たちも、滝造の傲慢《ごうまん》な仕打ちに腹に据え兼ねるものがあったのであろう。

「旦那、すまねえ」

孫六が、照れたような顔をして首をすくめた。

「頬を冷やした方がいいな」

見ると、孫六の頰はかなり腫れていた。滝造が力任せに平手打ちをくらわせたらしい。

源九郎は孫六をうながして、戸口から家のなかへ入った。富助を抱いたおみよにつづいて、お熊とおまつも入ってきた。

「あたしが、手ぬぐいを冷やしてやるよ」

お熊は、赤子から手が離せないおみよに代わって流し場にあった平桶に水を汲み、手ぬぐいを浸して絞り、孫六に手渡してやった。

お熊はお節介焼きで、長屋に何かあるとどこへでも顔を出すか、面倒見がよかったこともあり、女房連中のまとめ役であった。

「お熊、すまねえ」

孫六はさっそく濡れた手ぬぐいで頰を冷やした。

「孫六、どうしたんだ」

上がり框《がまち》に腰を落ち着けると、源九郎があらためて訊いた。

「滝造のやろう、富助の泣き声がうるせえと、怒鳴り込んできやがったんで。あっしが、赤子が泣くのはしょうがねえと言うと、あのやろう、いきなり平手打ちをくらわせやがったんでさァ」

孫六が怒りに声を震わせて言った。

「まったく、ひどいやつだねえ。赤ん坊の泣くのがうるさいなら、自分で長屋を出て行きゃァいいんだよ」

お熊がそう言って、おみよに抱かれている富助の顔を覗《のぞ》き込んで、富坊、そうだよねえ、と言って、尻の辺りを指先でたたいてやった。すると、富助が手足をばたつかせて嬉しそうに笑った。お熊の脇に立っていたおまつも、目を剝いたり、口先をとがらせたりして富助をあやしている。お熊たちも、騒ぎが収まってほっとしたようだ。

「滝造という男は、乱暴者のようだな」

源九郎が渋い顔で言うと、

「旦那、乱暴者にしろ、すこし度が過ぎてやしませんかね。それに、あいつ、船頭なんかじゃァありませんぜ」

孫六が、船頭なら陽に灼《や》けてるもんだが、あいつの顔は黒くねえし、口の利き方が遊び人のようだ、と言い添えた。

「言われてみれば、船頭には見えんな」

源九郎も滝造が船頭だとは思えなかった。

「それに、一昨日《おとつい》、作次《さくじ》にも噛み付きやしてね。作次はすっかり怯《おび》えちまって、長屋を出たいとまで言ってやしたぜ」

作次は、同じ長屋に住む大工の手間賃稼ぎだった。女房と子供ふたりの四人家族である。

「何があったのだ」

「三日前の晩、作次は飲んで帰《けえ》ってきたそうなんで。……路地木戸のところで、滝造と擦れ違ったとき、肩がぶっつかったらしいんでさァ。するってえと、滝造はいきなり作次を蹴飛ばし、作次が倒れたところをさらに蹴り上げ、起き上がれないほど痛めつけたらしいんで」

作次は滝造が離れた後もすぐに起き上がれず、唸《うな》っているところへ、仕事帰りの乙吉《おときち》と留助《とめすけ》が通りかかり、作次を助けて家まで送っていったという。乙吉と留助も、長屋の住人である。

「それで、どうした」

まだ、つづきがありそうだった。

「作次は、滝造の仕打ちに腹が立って仕方がなかったが、腕っ節の強え《つえ》滝造にはとてもかなわねえ。それで痛めつけられた翌日、大家のところへ、滝造に意見をしてくれ、と談判に行ったらしいんでさァ」

大家は伝兵衛だった。長屋の裏手の借家に女房とふたりで住み、長屋の差配をして暮らしている。

「ところが、作次が大家に言いつけたことを知った滝造が、作次の家へ怒鳴り込み、作次といっしょにいた吉助《きちすけ》やおふくにまで殴る蹴るの乱暴を働き、おめえたちは目障りだ、長屋を出て行かねえと、女房子供も半殺しにしてやると脅したそうなんでさァ」

吉助とおふくは、作次の子供である。

「うむ……」

孫六の言うとおり、乱暴者にしてもすこし度が過ぎているようだ。悪辣《あくらつ》過ぎるし、そこまでやれば長屋中の者たちから爪弾《つまはじ》きにされ、滝造自身が長屋で暮らしていけなくなるだろう。当然、滝造はそのことも承知しているはずである。

「作次のやつ、怯えちまって、この分だと長屋を出て行っちまうかもしれやせんぜ」

孫六が苦々しい顔をして言った。

三

軒先から落ちる雨音が聞こえていた。厚い雲が空をおおっているらしく、部屋のなかは朝から夕暮れ時のように薄暗い。長屋は人声もなくひっそりとしている。

ピシャピシャ、と濡れた溝板を歩いてくる足音が聞こえた。足音は軒先でとまり、下駄についた泥を落とす音につづいて、

「華町、いるか」

と、菅井紋太夫の声が聞こえた。

源九郎は、将棋だろうと思った。菅井は無類の将棋好きだった。

菅井は五十歳、生れながらの牢人である。両国広小路《ひろこうじ》で居合抜きを観せて銭をもらう大道芸で暮らしをたてていた。雨の日は、居合抜きの見世物に出られないので、将棋盤をかかえて源九郎の部屋へ顔を出すことが多いのだ。

「いるぞ」

源九郎が返事をすると、すぐに菅井が腰高障子をあけた。思ったとおり、菅井は将棋盤を小脇にかかえている。

「朝めしは食ったのか」

菅井は上がり框の前で、濡れた袴をたたきながら訊いた。

「ああ、すんだ。おまえは」

「おれもすんだ。後は、これしかない」

菅井は将棋盤を差し出しながら、ニンマリした。

肩まで伸びた総髪が濡れて、頬に張り付いている。肉を抉《えぐ》り取ったようにこけている頬、とがった顎、つり上がった目、艶《つや》のない土気色の肌。笑うと、陰気な顔が般若《はんにゃ》のように不気味に見える。

「仕方ないな」

源九郎の生業は傘張りなので雨でも仕事はできるのだが、菅井は源九郎の都合など頓着《とんちゃく》しなかった。座敷に上がると、さっそく駒を並べ始めた。

小半刻（三十分）ほど指したとき、

「華町、聞いているか、作次のことを」

菅井が言い出した。

「何のことだ」

「近いうちに、長屋を出るそうだよ」

菅井は将棋盤を睨みながら、女房のお繁《しげ》が作次に、長屋を出たいと泣き付いたらしい、と言い添えた。

「それで、行く当てはあるのか」

「大工の棟梁《とうりよう》に請人になってもらい、緑町の長屋に入れることになったらしい」

緑町は伝兵衛長屋のある相生町《あいおいちよう》の隣町で、竪川《たてかわ》沿いにある。

「滝造に追い出されるわけか」

作次の家族は、滝造と同じ長屋に住むことに耐えられなくなったのだろう。

「華町、放っておいていいのか」

そう言って、菅井がパチリと桂馬を打ち、ニヤリとした。王手角取りの妙手である。

「王を放っておくわけにはいかぬな」

源九郎は、やむなく王を逃がした。

「おれが訊いたのは、将棋のことではない。滝造だ。滝造をこのまま野放しにしておいていいのか訊いたのだ」

そう言うと、菅井は桂馬で角を取った。

「わしは大家ではないからな。滝造に出て行けとは言えんな。それに、だれかに頼まれたわけでもないし、金にもならん」

　源九郎は飛車で桂馬を取った。

「桂馬を取ったか。……たしかに金にはならぬが、滝造のようなやつを長屋にのさばらせておくのは、おもしろくないな」

　菅井が渋い顔で言った。

　源九郎や菅井たちは、無頼牢人に脅された商家の用心棒に雇われたり、勾引《かどわか》された御家人の娘を助け出して礼金をもらったりしていた。いわば、人助けと用心棒をかねたような仕事で金を手にしてきたのである。

　そんな源九郎たちを、はぐれ長屋の用心棒などと呼ぶ者もいた。伝兵衛長屋は、食いつめ牢人、その日暮らしの日傭取り、大道芸人、その道から挫折した職人などはぐれ者が多く住んでいて、界隈《かいわい》でははぐれ長屋と呼ばれていたからである。

「いずれ何か手を打たねばならぬが………。王手だ」

　源九郎が菅井の王の前に金を張った。妙手である。

「うむむ……」

　菅井が唸り声を上げて、将棋盤を睨みつけた。顔が赭黒く染まり、口をへの字に引き結んでいる。

そのとき、戸口で下駄の音がし、腰高障子がひらいた。顔を出したのは、茂次《しげじ》である。

「旦那方、やってやすね」

茂次は勝手に上がってくると、源九郎の脇に胡座《あぐら》をかいて将棋盤を覗き込んだ。茂次もはぐれ長屋の住人で、源九郎たちの仲間のひとりだった。

茂次は研師《とぎし》である。路地や長屋をまわり、包丁、鋏《はさみ》、剃刀《かみそり》などを研いだり、鋸《のこぎり》の目立てなどをして暮らしを立てている。茂次も雨が降ると仕事に出られず、暇を持て余して源九郎の部屋に顔を出すことが多かった。

「おふたりは、仲造《しんぞう》夫婦のことを聞いてますかい」

茂次が訊いた。

「何の話だ」

仲造は大工の手間賃稼ぎで、はぐれ長屋の住人である。

「仲造とおちかは、近いうちに長屋を出ていくそうですぜ」

おちかは仲造の女房である。ふたりは所帯を持って間がなく、まだ子はいなかった。

「なに、仲造たちもか」

源九郎が驚いたような顔をした。菅井も将棋盤から目を離して、茂次に顔をむけている。

「滝造に脅されて、長屋に居辛くなったようですぜ」

「また、滝造か」

「仲造夫婦は滝造の隣だし、所帯をもったばかりでやすからね」

そう言って、茂次は苦笑いを浮かべた。

茂次が話したことによると、滝造は仲造が仕事に出かけた後、おちかの家へ顔を出し、夜の房事の音がうるさくて寝られないから、音をたてるなと怒鳴りつけたという。その後、おちかは隣に住む滝造のことが気になって、夜になっても仲造のそばに近寄れなくなったそうである。

「それで、仲造が音《ね》を上げちまいやしてね。北本所の長屋へ引っ越すそうなんで。……若いふたりが、いっしょに寝られねえのは辛《つれ》えからね」

茂次は他人ごとのように言ったが、口元にはにやけた笑いが浮いていた。茂次は、お梅《うめ》という幼馴染みと所帯を持ったばかりの熱々だったのである。

「華町、何とかせねばならんな」

菅井が将棋盤に目を落として言った。

「そうだな」

このままだと、滝造の嫌がらせに音を上げて、長屋を出ようとする者が増えるのではあるまいか。ただ、大家でもないので、滝造に出ていけとは言えないし、何か悪事を働いたわけでもないので、町方に捕縛してもらうこともできない。

「この手だ！」

ふいに、菅井が声を上げた。

「菅井、何かいい手を思いついたか」

「将棋だ、将棋」

菅井は言いざま、源九郎の王の後ろに金を張った。奇手だが、なかなかいい手である。下手をすると、つまされるかもしれない。

「こうなったら、大家と会ってみるしかないか」

源九郎は、おれの負けだ、と言って、手にした駒を将棋盤の上に落とした。まだ、勝負はついていなかったが、続ける気が失《う》せたのである。

「そういうことなら、おれも行こう」

菅井は、もう一局とは言わなかった。勝ったので満足したらしい。

四

大家の伝兵衛の住む家は、板塀でかこった借家で、伝兵衛は老妻のお徳《とく》とふたりで住んでいた。

伝兵衛長屋の地所の持ち主は、深川海辺大工町《うみべだいくちょう》に店をかまえている材木問屋、三崎屋東五郎《みさきやとうごろう》である。東五郎は、材木問屋のほかに深川黒江町《くろえちょう》に料理茶屋なども経営し、地所も伝兵衛長屋の他に何箇所か持っていた。

伝兵衛は十数年前まで、三崎屋の手代をしていたが、東五郎に頼まれて長屋の差配をするようになったのである。伝兵衛夫婦には倅と娘がいたが、娘は嫁にいき、倅は三崎屋に住込みで奉公していて家にはいなかった。

源九郎、菅井、茂次の三人が伝兵衛の家を訪ねると、戸口に出てきたお徳が、

「三人もおそろいで、何かありましたか」

と、驚いたような顔で訊いた。

お徳は五十半ば。丸顔で皺《しわ》が多く、梅干しのような顔をしていた。

「伝兵衛どのは、おられるかな。聞いていただきたいことがござって」

源九郎は、相手が大家なので丁寧《ていねい》な物言いをした。

「いますよ。遠慮なく、上がってくだされ」

お徳は、すぐに源九郎たちを招じ入れた。

伝兵衛は庭の見える居間にいた。庭といっても狭い土地に松、梅、百日紅《さるすべり》などが雑多に植えられているだけである。

「これは、みなさん、おそろいで」

伝兵衛は源九郎たちの姿を見ると、すぐに腰を浮かせ満面に愛想笑いを浮かべた。そして、源九郎たちを客のような物言いで迎えたのである。

源九郎と菅井が武家だったこともあるが、それより源九郎たちがはぐれ長屋の用心棒と呼ばれ、長屋内の揉《も》め事はむろんのこと、商家や武家の騒動や難事をひそかに解決していることを知っていたからだ。

伝兵衛にとって、商家や武家のことはともかく、長屋の揉め事をうまく始末してくれる源九郎たちは有り難い存在だったのである。

「それで、何かありましたかな」

対座すると、すぐに伝兵衛が訊いた。

伝兵衛は五十代後半、面長で頤《おとがい》の張った顔をしていた。鬢や髷に白髪が目立ち、歳より老けた感じがした。源九郎にむけた細い目を不安そうに瞬かせている。源九郎たちが三人もそろって訪ねてきたので、長屋に何か難事が起こったと見たのであろう。

「伝兵衛さんは、滝造の暮らしぶりをご存じであろうか」

源九郎が訊いた。当然、大家ともなれば、長屋の住人の噂は耳に入っているだろう。それに、作次が滝造の傍若無人な振る舞いを訴え、意見をしてくれと頼みにきているはずだった。

「やはり、そのことか」

伝兵衛の顔を憂慮の翳《かげ》がおおった。

「あの男、船頭とのことだが、請人はだれかね」

はぐれ者が多く住む貧乏長屋であっても、身元を保証する請人がいなければ、伝兵衛も滝造を店子《たなこ》にはしなかっただろう。

「それが、黒江町の升田屋《ますだや》さんなのだ」

「升田屋というと、料理茶屋か」

はぐれ長屋の持ち主である三崎屋東五郎の店だった。ただ、東五郎自身が経営しているわけではなく、店の差配は別人に任せているはずである。

「升田屋を切り盛りしているのは、以前三崎屋の番頭をしていた甚十郎《じんじゅうろう》さんというひとでな。その甚十郎さんが、滝造の請人なのだよ」

伝兵衛によると、滝造が長屋に越してくることについて東五郎からも話があり、断るわけにはいかなかったという。

「それで、滝造の生業は何なのだ」

滝造は長屋で連日遊んでいるようだったが、何か実入りがなければ暮らしてはいけないだろう。

「わしにも、分からないのだ。甚十郎さんの話だと、升田屋で客を送り迎えする舟の船頭をしていたとのことだが、いまは何もしてないようだしな。何をして食っているのやら」

伝兵衛も小首をかしげた。

そのとき、脇で源九郎と伝兵衛のやり取りを聞いていた菅井が、

「いずれにしろ、このままでは長屋の住人がいなくなるぞ」

と、苛立《いらだ》ったような声で言った。

「困ったものだ……」

伝兵衛は膝先に視線を落として苦渋に顔をしかめていたが、

「華町どの」

と言って、顔を上げた。

「わしに代わって、滝造に意見をしてくれんか。……大家としては、まことに面目ないが、滝造に足元を見られていてな。わしの意見など聞く耳を持たぬのだ」

「いや、あの男はわしの意見も聞くまい」

源九郎は、孫六の家の前で滝造とやり合ったときのことを思い出した。滝造は、まともに他人の意見など聞く男ではないのだ。

「旦那、滝造のやつ、すこし痛め付けてやったらどうです」

茂次が勢い込んで言った。

「わけもなく殴りつけるわけにはいかんぞ。それこそ、滝造に輪をかけた乱暴者ということになる。それに、多少脅したぐらいでは滝造は変わらんだろう。……それより、わしには気になることがあってな」

源九郎が声を落として言った。

「何が気になるのだ」

菅井が訊いた。伝兵衛と茂次も身を乗り出すようにして、源九郎を見つめている。

「わしの思い過ごしかもしれんが」

そう言って、源九郎が話を始めようとしたところへ、お徳が茶道具を持って入ってきた。

源九郎は話すのをやめ、お徳が座敷を去るのを待ってから口をひらいた。

「わしはな、滝造は何かわけがあって、長屋の者たちと揉め事を起こしているような気がするのだ。隣部屋の睦言《むつごと》や赤子の泣き声がうるさいとか言って因縁をつけているようだが、そんなことを気にしていたら長屋には住めんぞ。それに、滝造の部屋と孫六の部屋は、棟を隔てている。よほど聞き耳を立てていなければ、赤子の泣き声は聞こえんだろう。……滝造は長屋の者の弱みに付け込んで、わざと揉め事を起こしているとしか思えんのだ」

「華町の言うとおりだ」

菅井がもっともらしい顔をしてうなずいた。

「それにな、滝造が働きもせずに長屋でぶらぶらしているのも妙ではないか。……だれかが、滝造に金を渡しているとしか考えられん。わしは滝造の後ろで、指図している者がいるような気がするのだ」

「するってえと、旦那は、そいつが滝造に揉め事を起こさせていると見てるんですかい」

茂次が目を剝いて訊いた。

「はっきりしたことは分からん。そんな気がするだけだ」

源九郎がそう言うと、伝兵衛が、

「ですが、どうしてそんなことを。……長屋で揉め事を起こしても何の得にもならんでしょう」

と、困惑したような顔で口をはさんだ。

「そうだな。長屋の住人が居辛くなって、何人か長屋を出たとしても店賃《たなちん》がすこしばかりすくなくなるだけだからな」

源九郎にも、滝造が何の狙いで長屋の住人と揉め事を起こしているのか分からなかった。

「いずれにしろ、このままにはしておけんぞ」

菅井がおもむろに言った。いかめしい顔をして、虚空を睨むように見すえている。

「菅井の旦那の言うとおりでさァ。放って置いたら、長屋がおかしくなっちまう」

茂次が口をとがらせて言った。

「華町、どうだ。滝造が何者なのか、はたして後ろで滝造をあやつっている者がいるのかどうか、探ってみたら」

菅井がそう言って、すこし冷たくなった茶をゴクリと飲んだ。

「そうだな。しばらく滝造の身辺を洗ってみるか。痛めつけるのは、その後でいい」

源九郎が言った。

「そういうことなら、とっつァんと三太郎《さんたろう》にも声をかけましょうや」

茂次が目をひからせて言った。とっつァんというのは孫六で、三太郎も長屋に住む仲間のひとりだった。

「今度の件は、わしらの住む長屋のことだからな。孫六と三太郎も手を貸してくれるだろう」

源九郎がそう言うと、伝兵衛がおろおろしながら、

「あ、あまり、騒ぎを大きくせんでくれよ」

と、声を震わせて言った。大家にしてみれば、長屋の住人同士の騒動は自分に差配能力がないことの証左であり、何とか穏便に済ませたいのであろう。

「伝兵衛さんは、大船に乗ったつもりで見ていてくれ」

そう言って、源九郎が立ち上がった。

五

滝造はなかなか尻尾《しっぽ》を出さなかった。茂次、孫六、三太郎の三人が交替で、それとなく滝造の跡を尾《つ》けたが、不審な行動はなかった。滝造はときおり竪川沿いにある一膳めし屋に酒を飲みに行く程度であまり長屋から出なかったし、うろんな人物と会った様子もなかった。

源九郎たちが伝兵衛の家へ行った半月ほど後、長屋に牢人がひとり越してきた。長屋を出ていった仲造夫婦の部屋へ入ったのである。名は深田練次郎《ふかだれんじろう》。生業は町道場の師範代とのことだった。

その日、源九郎は朝から傘張りに精を出していた。このところ、雨の日が多く、菅井が部屋に入り浸っていたこともあって、傘張りの仕事がはかどらなかったのだ。

源九郎が片襷《かただすき》をかけ、傘の古骨に美濃紙《みのがみ》を張っていると、戸口に近付いてくる足音が聞こえた。ふたりらしい。聞き覚えのない足音だった。足音は腰高障子のむこうでとまり、

「華町の旦那、おりやすかい」

と、くぐもった声が聞こえた。滝造らしい。

「いるぞ」

源九郎は手にした刷毛《はけ》を置き、片襷をはずした。

障子があいて、男がふたり土間へ入ってきた。滝造と牢人体の男だった。深田練次郎である。

深田は四十がらみ、総髪で浅黒い肌をしていた。頰骨が張り、双眸《そうぼう》が底びかりしている。痩身だが、首は太く胸が厚かった。鋼のような筋肉が体をおおっている。武芸で鍛えた体であることは、すぐに見てとれた。立ち居にも隙がない。町道場の師範代をしているとのことだが、遣い手のようである。

「旦那、あっしの隣に越してきた深田の旦那で」

滝造がうす笑いを浮かべながら言った。どうやら、滝造が隣に越してきた深田を連れ挨拶にまわっているらしい。

「深田練次郎ともうす」

深田はそう言ってちいさく頭を下げたが、口にしたのはそれだけで黙ったまま源九郎を見すえている。

「華町源九郎でござる。見たとおり、傘張りを生業にしている年寄りでしてな。ちかごろは、腰が痛くて座っているのも難儀でござる」

源九郎は立ち上がり、腰を伸ばした。

「さようか」

深田は無愛想に言い、表情も動かさなかった。

「深田どのは、剣術道場の指南をされているそうだが、どこの道場でござる」

源九郎は、深田が何流を遣い、どこの道場の師範代をしているかも知らなかった。

「道場へ通っていたのは、むかしのことだ。いまは、見たとおりの牢人。剣術など忘れたよ」

深田はくぐもった声で言った。

すると、脇に立っていた滝造が、

「華町の旦那、今日からは、おめえに好き勝手なことはさせねえぜ。おれの代わりに深田の旦那が相手してくれることになってるのよ」

と、へらへら笑いながら言った。

「なに……」

源九郎は驚いた。どうやら、深田は滝造の仲間らしい。源九郎や菅井に対抗するために、剣の遣い手を長屋に呼んだようだ。滝造の隣に住んでいた仲造夫婦に因縁をつけて追い出したのも深田を住まわせるためだったのかもしれない。挨拶まわりというより、滝造は長屋の住人を威嚇《いかく》するために深田を連れ歩いているようである。

「命が惜しかったら、おとなしくしてな」

滝造は恫喝《どうかつ》するように言うと、きびすを返して、深田とともに戸口から出ていった。

ふたりの足音が聞こえなくなるまで、源九郎は上がり框のそばに立っていた。

……これは、ただごとではない。

源九郎の胸に強い懸念が衝き上げてきた。

深田はあいている部屋へただ越してきたのではないようだ。滝造とともに長屋で何か事を起こそうとしているのではあるまいか。

滝造や深田の目的は、長屋の住人に因縁をつけて揉め事を起こすような生易しいことではないだろう。

三日後、源九郎の懸念はさらに強まった。作次の家族が出ていった部屋にあたにふたりの男が住むことになったのである。遊び人ふうの男と牢人だった。町人の名が常三郎《つねさぶろう》、牢人が河上左内《かわかみさない》。ふたりとも滝造の仲間らしく、さっそく滝造の部屋へ集まって酒を飲みながら何やら談合していた。

いまになって考えると、滝造は常三郎と河上を長屋に住まわせるために作次たちを追い出したようである。

常三郎と河上が越してきた翌日の夜、菅井と茂次が源九郎の家に姿をあらわした。ふたりの顔に憂慮の翳があった。

いっとき、新たに越してきた河上と常三郎のことを話題にした後、

「華町、これは、どういうことだ」

菅井が苦々しい顔で訊いた。

「わしにも、分からぬ」

四人が仲間で、はぐれ長屋で何か事を起こすつもりであることは想像できたが、何のために何をしようとしているのか、見当もつかなかった。

ただ、一癖も二癖もありそうな男たちが四人も住みついたとなると、なまなかな事を狙っているのではないだろう。

「新たに越してきた河上と常三郎が、滝造たちの仲間であることはまちがいない

ようだが、いったい何をする気なのか」

菅井は座敷に胡座をかいていたが、めずらしく将棋のことも酒のことも口にしなかった。それだけ、滝造たち四人のことが気掛かりなのだろう。

「四人の狙いは何であろうな」

源九郎が言った。

「やつら、この長屋を乗っ取る気かもしれねえ」

と茂次。

「乗っ取ってどうするのだ。伝兵衛の代わりに店賃でも集めるのか」

貧乏長屋を牛耳っても、たいした利益はないだろう。それに理不尽な振る舞いをすれば、地主の東五郎が黙ってはいないはずだ。差配の伝兵衛に始末がつけられなければ、町方に訴えるだろう。

「やつらが、何をするつもりなのか、これからの動きを見れば分かるだろうな」

菅井が低い声で言った。

「何か事が起こってからでは遅い気もするが」

源九郎は、ともかく新たに越してきた三人の身元を伝兵衛に訊いてみようと思い、そのことを話すと、菅井と茂次は自分たちも行くと口にした。

「いや、わしひとりで行く。……長屋にも、滝造たちの目がひかっていると見た方がいい。わしらが伝兵衛の家へ行ったことを知れば、何をしてくるか分からんからな」

滝造だけなら恐れることはなかったが、深田と河上がいるとなると、迂闊《うかつ》に動けなかった。

翌日、源九郎は朝のうちに行動を起こした。井戸端に顔を洗いに行くと見せて、小桶をかかえたまま伝兵衛を訪ねたのである。

居間で顔を合わせた伝兵衛は暗鬱《あんうつ》な顔をしていた。以前会ったときより頰の肉が落ち、憔悴《しょうすい》して目のまわりが隈取っていた。伝兵衛も新たに越してきた三人のことを憂慮しているようである。

「深田と河上は、何者なのだ」

源九郎はまずふたりの身元から訊いた。

「わたしが聞いているのは、深田さまが剣術指南で、河上さまは手跡《しゅせき》指南をなされているとのことだが、ふたりとも働きに出る様子もないし、本当かどうか疑わしいものですよ」

そう言って、伝兵衛は困惑したように顔をゆがめた。

「ふたりの請人は」

身分は武士だが、請人はいるはずである。

「やはり、升田屋さんでして」

「升田屋とふたりは、どのようなかかわりなのだ」

請人になるからには、升田屋と深田たちの間に相応の関係があるはずである。

「それが、甚十郎さんは三崎屋さんから請人になることを頼まれただけで、升田屋とは何のかかわりもないと言ってました」

「すると、深田と河上は三崎屋と何かかかわりがあるのか」

「わたしには、分かりませんが」

伝兵衛も腑に落ちないような顔をした。三崎屋とふたりの牢人とのかかわりが分からないのであろう。

「常三郎は」

「滝造と同じように、升田屋で船頭をしていたとか」

「うむ……」

いずれにしろ、滝造と常三郎は升田屋の元船頭で、深田と河上は三崎屋と何かかかわりがありそうである。

「それで、滝造たち四人だが、長屋のことで何か言ってこないのか」

源九郎は、伝兵衛に難癖をつけて理不尽な要求をしてくるのではないかと思ったのだ。

「いえ、何も……」

そう言ったが、伝兵衛は急に不安そうな顔をした。何かとてつもない難題を突き付けられるのではないか、との思いが頭をよぎったらしい。

「ともかく、滝造たちが何か言ってきたら話してくれ。わしらにできることがあれば、できるかぎりのことはする。日頃世話になっている長屋のためだからな」

源九郎が静かな声で言った。

「は、華町どの、頼みますぞ」

伝兵衛が哀願するような口調で言った。差配人らしからぬ態度だが、こうなると大家と店子の関係ではなくなってしまう。伝兵衛にとって、源九郎は長屋を守ってくれる用心棒なのである。

六

竪川の川面に残照が映え、淡い朱色に染まっていた。その川面を米俵を積んだ猪牙舟《ちょきぶね》が、ゆっくりと大川の方へむかっていく。

風のない穏やかな雀色時《すずめいろどき》である。竪川沿いの通りに面した表店《おもてだな》の多くは大戸をしめて店仕舞いし、通りはひっそりとしていた。

茂次は竪川沿いの道を歩いていた。砥石《といし》や鑢《やすり》の入った仕立て箱を背負い、手には研ぎ桶や床几《しょうぎ》などをつつんだ風呂敷包みをぶら提げている。研師として一日の仕事を終え、はぐれ長屋に帰るところである。

はぐれ長屋は、本所相生町一丁目にあった。竪川沿いに並ぶ表店の間の細い路地を入った先にある。

……だれかいる。

茂次は、はぐれ長屋につづく細い路地の入口近くに立っている町人体の男に気付いた。滝造である。棒縞の単衣を裾高に尻っ端折りし、両脛を露《あらわ》にしていた。だれか待っているのか、路傍にひとり佇《たたず》んでいる。

茂次は気になったが、足をとめずに滝造に近付いた。滝造の前を通らなければ、長屋に帰れないのだ。

茂次が路地に近付くと、滝造がゆっくりと茂次の前へ出てきた。口元にうす笑いが浮いていたが、底びかりする双眸が睨むように茂次を見すえていた。滝造の大柄な身辺に、獰猛《どうもう》な獣を思わせるような猛々《たけだけ》しい雰囲気がただよっている。

「待ちな」

滝造が茂次の前に立ちふさがった。

そのとき、茂次は背後から近付く人の気配を感じた。振り返って見ると、店仕舞いした表店の脇の天水桶の陰から牢人が姿をあらわし、茂次の背後にまわり込んできた。

……深田だ！

その死人のような表情のない顔に見覚えがあった。長屋に越してきた深田である。

茂次の口から喉のつまったような声が出た。胸の高鳴りを抑えてしゃべったからである。

「お、おれに、何か用かい」

滝造が顎を突き出し、茂次を見下すようにして言った。

「おめえ、華町たちの仲間だな」

滝造は大柄で両肩が盛り上がり、たくし上げた袖から丸太のように太い腕が露になっていた。眼前に迫った滝造の姿が、茂次には巨熊のように感じられた。

「だとしたらどうする」

茂次は滝造から目をそらさずに言った。弱みを見せたくなかったのである。

そんなやり取りをしている間に、深田は茂次のすぐ後ろに来て足をとめた。両腕をだらりと垂らしたまま表情のない顔で茂次を見つめている。深田は茂次の逃げ道をふさぐつもりらしい。

「しばらく、おとなしくしててもらうのよ」

言いざま、滝造はグイと前に出て、太い腕を突き出して茂次の胸倉をつかもうとした。

瞬間、茂次は手にした風呂敷包みを滝造に投げ付け、後ろへ跳んだ。咄嗟《とっさ》の反応である。研ぎ桶や床几をつつんだ風呂敷包みが滝造の胸に当たり、大きな音をたてて足元に落ちた。

「やろう！　なめた真似しやがって」

怒号を上げて、滝造が襲いかかってきた。

茂次がさらに後ろへ跳ぼうとした瞬間、かすかな刃唸りがし、脇腹に強い衝撃がはしった。深田が抜き打ちに、峰打ちをみまったのである。茂次は呻《うめ》き声を上げてよろめいた。

「じたばたするんじゃァねえ！」

滝造が左手で茂次の胸倉をつかんだ次の瞬間、バチッという音と同時に茂次の顔が横にふっ飛んだ。滝造の平手打ちが頬を襲ったのである。

一瞬、茂次の脳天に火花が飛んだような感覚があったが、すぐに意識を失った。

どれほどの時が過ぎたのか。茂次は体中に焼き鏝《ごて》を当てられているような衝撃を感じて覚醒した。茂次は路傍に俯《うつぶ》せに倒れていた。辺りは淡い夕闇につつまれている。滝造と深田の姿はなかった。

激しい痛みが茂次を襲った。意識を失って倒れた茂次を、滝造は足蹴にしたにちがいない。顔と脇腹だけでなく、背や太腿にも激痛があった。

……ちくしょう、やりゃァがったな。

茂次は歯を食いしばって激痛に耐えながら立ち上がった。

何とか歩けそうだ。打ち身だけで済んだのかもしれない。茂次はよろけながら長屋の路地木戸をくぐった。

井戸端の脇を過ぎたとき、戸口にいたお熊が茂次の姿を目にして飛んできた。

「ど、どうしたんだい、その姿は！」

お熊が目を剝いて訊いた。

「なに、ちょいと、転んだだけよ」

茂次は強がりを言ったが、顔は苦痛にゆがんでいた。頰は赭く腫れ上がり、足を引きずっている。

「だれか！　手を貸しておくれ」

お熊が大声を上げた。

その声で、お熊の亭主の助造が、つづいておまつと亭主の辰次が戸口から飛び出してきた。すぐに、男ふたりが茂次の両腕を取って抱え、茂次の家まで運んだ。

小半刻（三十分）ほど後、茂次の家には十人ほどの男女が集まっていた。茂次を運んだお熊たち、茂次の女房のお梅、源九郎、菅井、孫六、三太郎の面々である。

「打ち身だけのようだ。大事あるまい」

源九郎が、茂次の体の傷をひととおり見てから言った。

集まった者たちの顔に、ほっとしたような表情が浮いた。見た目はひどいが、それほどの傷ではないと分かって安堵《あんど》したらしい。

ただ、お梅だけは布団の上に横になった茂次の枕元に座り、紙のように蒼ざめた顔で、茂次の腫れ上がった頬を濡れた手ぬぐいで冷やしていた。

「茂次、何があったのだ」

源九郎が訊いた。

「め、面目ねえ。滝造と深田に待ち伏せされて、このざまだ」

茂次が苦痛に顔をゆがめながら、ことの次第を話した。

「た、滝造のやろう！　もう、勘弁できねえ」

話を聞いた孫六が血相を変えて立ち上がった。憤怒で声が震えている。三太郎や菅井の顔も怒りに染まっていた。

「待て」

源九郎がとめた。

「滝造たちはおれたちが仕返しに来ることを承知で、待ち構えているはずだ。そうでなければ、茂次を長屋に帰したりすまい」

源九郎は、滝造、常三郎、深田、河上の四人が待ち構えているのではないかと思った。一気に源九郎たちを始末するつもりで、茂次を痛めつけ長屋に帰したのかもしれない。

「あっしが、ちょいと覗いてきやすよ」

三太郎が、ひょいと立ち上がった。青瓢箪《あおびょうたん》のような顔がこわばっている。

「三太郎、気をつけろ。やつらに見つかると、茂次の二の舞いだぞ」

二の舞いどころか、命を落とすかもしれない。

「へい」

三太郎が首をすくめるようにしてうなずき、部屋から出ていった。

それから、しばらくして三太郎が帰ってきた。

「いやした、四人とも」

三太郎が源九郎たちと顔を合わせるなり言った。滝造の部屋に、常三郎、深田、河上の三人が集まっているという。

「手ぐすね引いて、おれたちが来るのを待っているというわけか」

菅井が苦々しい声で言った。

「長屋で、やり合うわけにはいかんな」

源九郎は、長屋で深田たちと斬り合うのは避けた方がいいと思った。深田と河上は腕が立つ。それに、滝造と常三郎も喧嘩慣れした男のようで、孫六と三太郎では歯が立たないだろう。いまのままでやり合えば、源九郎たちが後れを取るかもしれない。それに、騒ぎを聞きつけて長屋の男たちが集まって騒動にでもなれば、怪我人や死人が出る恐れがあった。

……これは、滝造たちの誘いだ。

と、源九郎は察知した。

長屋に騒動を起こし、源九郎たちを始末しようと謀《はか》ったのかもしれない。

「でも、旦那、このままじゃァ滝造たちにやられっぱなしですぜ」

孫六がひき攣《つ》ったような声で言った。

その場に居合わせたお熊や助造たちも、悔しそうに顔をしかめてうなだれている。

「やつらが、何をするつもりなのか、もうすこし様子を見るのだ」

源九郎がたしなめるように言った。

滝造たちが何をするつもりで長屋に入り込んできたのか、それを探るのが先だ、と源九郎は思った。それに、滝造たちに金を出し、あやつっている黒幕がいるはずなのだ。その正体も分からぬうちに滝造たちの誘いに乗れば、始末されるのは源九郎たちなのである。

七

その日、源九郎は張り終えた傘を持って、竪川沿いにある傘屋の丸徳《まるとく》へ足を運んだ。傘の張り賃はわずかだが、独り暮らしの源九郎には一息つける銭である。

長屋の路地木戸をくぐると、井戸端で女房たちが集まって何やら話し込んでいた。お熊、おまつ、お妙《たえ》、おくら……。水汲みにでも来てひっかかったらしく、手桶や小桶などを手にしていた。女房たちは顔を突き合わせるようにして、ひそひそ話している。どの顔も暗く、怯えたような表情があった。

源九郎が近付くと、お熊がちらりと見て、仏頂面のまま頭を下げた。ニコリともしない。他の女房も、顔をこわばらせたまま小さく頭を下げただけで、挨拶を口にする者もいなかった。

……どうしたことだ。

お熊たちの様子が、いつもとちがうのだ。源九郎の姿を見かければ、かならず冗談のひとつも言う女房たちなのだが、まるで赤の他人を見るような目である。

長屋の様子もいつもとちがうようだ。まだ、暮れ六ツ（午後六時）までには間があり、ふだんなら遊んでいる子供たちの呼び声や笑い声が賑やかに聞こえてくるのだが、いまはひっそりとして話し声も聞こえてこない。夏の陽射しが長屋を照り付けているが、長屋全体が何となく暗く沈んだ感じがする。

……滝造たちのせいかもしれぬ。

と、源九郎は思った。

茂次が滝造と深田に痛めつけられて五日経った。その後、滝造たちは、源九郎と菅井には何もしてこなかったが、長屋の住人に対しては傍若無人な振る舞いがさらに激しくなっていた。

長屋の餓鬼大将である庄太と六助《ろくすけ》が滝造に殴られ、常三郎と擦れ違った女房が足蹴にされて足をくじいた。子供がうるさいと怒鳴り込まれた家もあったし、年寄りが目障りだから表に出すなと難癖をつけられた若夫婦もいた。そうした噂が、孫六や菅井を通して源九郎の耳に入ってきたのである。

その日、源九郎が夕餉《ゆうげ》を終え、そろそろ寝ようかと夜具を敷いていると、戸口に近付いてくる人の気配がした。ふたり、忍び足で近寄ってくる。

源九郎は部屋の隅に立て掛けてあった刀を手にし、上がり框のそばに歩を寄せた。滝造たちの夜襲かと思ったのである。

足音が腰高障子のむこうでとまった。いっとき、部屋のなかをうかがっている

ような気配がしたが、

「旦那、いますか」

と、女の声がした。

なんだ、お熊ではないか。そう思うと、急に源九郎の体から力が抜けた。

「旦那、あけますよ」

お熊が声を殺して言った。

「ああ、遠慮なく入ってこい」

そう言って、源九郎は上がり框のそばに腰を下ろし、手にした刀を後ろに置いた。

腰高障子があいて、入ってきたのはお熊とおまつである。お熊は警戒するような顔をして、薄闇のなかできょろきょろと目を動かした。白い大きな目が闇のなかに浮き上がったように見える。その大きな顔とあいまって、巣穴から出て来て辺りの様子をうかがう大狸のようだった。

「どうした、何かあったのか」

源九郎が訊いた。夜分遅く、お熊とおまつが連れ立って姿を見せるなどいまだかつてなかったことである。それに、おまつの顔には、苦悶《くもん》の表情があった。

「だ、旦那、助けておくれ」

ふいに、おまつが絞り出すような声で言った。

「どうしたのだ」

どうやら、おまつの身に難事が降りかかったらしい。おそらく、おまつがお熊のところへ相談に行き、ふたりして源九郎に助けを求めに来たのであろう。

「旦那、辰次さんが、滝造に殴られたんだよ」

お熊が脇から口をはさんだ。

「やはり、滝造か」

源九郎は、ふたりの様子を見たときからそんなことではないかと思ったのだ。

「あ、あいつ、肩が触れたと言って、いきなり亭主を殴りつけたんだ。ひどいったらありゃァしない」

おまつが、声を震わせてしゃべったことによると、辰次はいきなり殴りつけられた揚げ句に倒れたところを足蹴にされ、腰を痛めて部屋で唸っているという。

「まったく、手に負えん乱暴者だな」

滝造は手当たり次第に長屋の住人につっかかり、暴力をふるっているようである。

「それが、旦那、殴られただけじゃァすまないようなんだ」

お熊が声をひそめて言った。

「まだ、あるのか」

「滝造のやつ、おまつさんのとこへ押しかけてきて、おめえたちの面《つら》は見たくねえ、すぐに長屋を出ていかねえと命はねえ、と言ったそうなんだよ」

お熊が苦悶の顔で言うと、

「て、亭主が、本気にしちまってね。この長屋を出ようと言い出したのさ。で、でも、あたしたちには行くところがないんだよ。……それに、この長屋はみんながよくしてくれるから、出たくないんだ」

おまつが、顔をくしゃくしゃにして涙声で言った。

「うむ……」

やはり、滝造たちは長屋の住人を追い出そうとしているようだ。それも、しだいに過激になっていく。

「旦那、何とかしておくれよ」

お熊が源九郎に手を合わせ、哀願するような声で言った。おまつも、助けてください、と涙声で訴えた。

「分かった。何とかしよう」

源九郎は、滝造たちの傍若無人な振る舞いを放ってはおけないと思った。ただ、直接手を下すのは、滝造たちの背後にいる黒幕が知れてからである。

「おまつ、お熊、ふたりに言っておく」

源九郎が声をあらためて言った。

「滝造たちが、家に来たらな。こう言え、わたしたちのことは華町の旦那にすべてまかせてあるので、そちらに行って話してくれとな」

「わ、分かった。そう言うよ」

おまつとお熊が、そろってうなずいた。

第二章　敵　影

一

本所松坂町《ほんじよまつざかちよう》、回向院《えこういん》の近くに亀楽《きらく》という縄暖簾《なわのれん》を出した飲み屋がある。源九郎たちは、亀楽を馴染みにしていた。はぐれ長屋と近かったこともあるが、何より酒が安価で長時間居座っても文句を言わず好きなだけ飲ませてくれたからである。

あるじの名は元造《もとぞう》、お峰《みね》という通いの婆さんとふたりだけでやっていた。元造は寡黙な男で、いつも仏頂面をしていて愛想など言ったためしがない。ただ、源九郎たちには何かと気を使ってくれ、頼めば他の客を断って貸し切りで飲ませてくれることもあった。

この日、源九郎は元造に頼んで、亀楽を貸し切りにしてもらった。菅井たちと密談するつもりだったのである。

源九郎は、長屋が夜の帳《とばり》につつまれてからひそかに部屋を抜け出して亀楽にむかった。滝造たちの目を逃れるためである。

亀楽には、孫六の姿があった。飯台の空樽に腰を下ろし、けわしい顔で源九郎たちが来るのを待っていた。飯台の上には湯飲みがあったが、酒ではなく茶らしかった。酒好きの孫六は、先に来れば一杯やっていることが多かったが、今夜はひとりで酒を飲む気にはなれないらしい。

「待ったかな」

源九郎は孫六の脇に腰を下ろした。

「いや、いま来たところで」

孫六が小声で言った。すでに、滝造に殴られた頬の腫《は》れは引き、いつもの陽に灼《や》けた浅黒い顔をしていた。

源九郎と孫六の会話が耳に入ったのか、板場にいた元造が顔を出し、酒の用意をするかどうか訊《き》いた。

「いや、そろってからにしてくれ」

源九郎は、酔う前に集まった仲間たちと今後の策を練りたかったのだ。

それから小半刻(三十分)ほどの間に、菅井、茂次、三太郎の三人が姿を見せた。滝造たちに気付かれないように別々に来たので、時間がかかったのである。

茂次はまだ顔の腫れが残り、脇腹には晒《さらし》を巻いていた。ただ、それほど痛みはないようだった。

「このままでは、長屋が滝造たちに乗っ取られるぞ」

源九郎が話を切り出した。少々大袈裟《おおげさ》な言い方だが、そのうち長屋の住人がいなくなり、滝造たちだけにならないともかぎらないのだ。

一昨日、作次と伸造につづいて、紙屑買《かみくずがい》の牛次郎《うしじろう》という男が妻子を連れて長屋を出ていた。やはり、滝造たちに因縁をつけられ、いたたまれなくなったのである。

「何か手を打たねえとな」

茂次が顔をしかめて言った。

「華町、滝造たちをひとりずつ襲い、ひそかに始末してしまったらどうだ」

菅井が低い声で言った。茂次、孫六、三太郎の三人は、お互いの顔を見合ってうなずき合っている。

「それも手だが、わしはまだ早い気がする」

源九郎も、そのことは考えていた。

だが、いま滝造たちの命を狙って仕掛けるのは、危険過ぎるような気がした。滝造たちは仲間がひとりでも斬られたことを知れば、深田や河上が源九郎たちに刃をむけてくるだろう。源九郎と菅井は何とか太刀打ちできるとしても、茂次、孫六、三太郎は己の身を守ることもむずかしいし、下手をすれば家族も滝造たちの餌食《えじき》になるかもしれないのだ。

「では、どうする」

菅井が訊いた。

「始末する前に、滝造たちが何のために長屋に乗り込み、住人たちを追い出そうとしているのか、そのわけが知りたい。わしは、滝造たちを指図している黒幕がいると睨《にら》んでいるが、その正体が知れぬうちに迂闊《うかつ》に手を出さぬ方がいいような気がするのだ」

「それで、どう動きやす」

孫六が身を乗り出すようにして訊いた。

「まず、滝造、常三郎、深田、河上が何者なのか知りたい。長屋へ来る前、どこで何をしていたか分かれば、きゃつらが何をたくらんでいるかも見えてこよう」

それには、滝造たちの請人になった升田屋から探るのが手っ取り早いだろう。

そのことを源九郎が話すと、

「あっしがやりやすぜ」

と、茂次が言った。打ち身の痛みもだいぶ収まり、研師《とぎし》の仕事には出られるので、黒江町に出向き、升田屋の近辺で聞き込んでみると言い添えた。

「升田屋は茂次にまかせることにして、もうひとり、気になる男がいるのだがな」

源九郎が声をあらためて言った。

「だれだ」

菅井が訊いた。

「長屋の持ち主の三崎屋東五郎だ。伝兵衛さんの話だと、深田と河上は東五郎と何かかかわりがあるようなのだ」

源九郎は、材木問屋の主人とうろんな牢人のかかわりが気になっていたのだ。

「三崎屋は、あっしが探ってみますよ」

三太郎が小声で、増上寺《ぞうじょうじ》に行くふりをして深川へまわってみます、と言い添えた。

三太郎は芝の増上寺の門前で、砂絵を描いて観せていた。砂絵描きは、染粉《そめこ》で染めた砂を布袋に入れて持ち歩き、地面をよく掃除して水を撒《ま》き、その上に指の間から砂をたらして絵を描く見世物である。絵がうまく描ければ、見物人が投げ銭をしてくれ、それが砂絵描きの稼ぎになるのだ。

「三崎屋は三太郎に頼もう」

源九郎がそう言ったとき、

「あっしは、栄造《えいぞう》に当たって、滝造と常三郎を洗ってみやすよ」

と、孫六が目をひからせて言った。

栄造というのは、浅草諏訪町《すわちょう》に住む岡っ引きで、孫六と懇意にしていたのだ。孫六によると、滝造と常三郎は真っ当な男ではないので、これまでに町方に世話になったことがあるだろうから、栄造なら知っているはずだというのである。

「そういうことなら、わしは深田を探ってみよう」

源九郎は、深田が剣術道場の師範代をしていたと聞いていたので、その筋から手繰《たぐ》ってみようと思っていた。町道場の関係者から聞けば、深田の正体が知れるのではないかと思ったのだ。

「華町、おれは、何をすればいいんだ」

菅井が不服そうな顔で訊いた。

「菅井も、町道場の知り合いに深田と河上のことを訊いてみてくれ。ふたりともなかなかの遣い手らしいので、知っている者もいるだろう」

菅井は、居合抜きの大道芸を生業《なりわい》にしているが、居合の腕は本物だった。子供のころから田宮流居合《たみやりゆういあい》を学んだ達人である。

「よし、これで話は終わった」

源九郎は立ち上がり、板場を覗いて元造に酒を頼む、と声をかけた。

それから源九郎たちは一刻（二時間）ほど飲んだが、いつもより酒はすすまなかった。滝造たちのことが気になっていたのである。それというのも、これまでの事件とちがって自分たちの長屋に危機が迫り、それぞれの塒《ねぐら》が脅かされている状況だったからである。

源九郎たちは、別々にすこし間を取って亀楽から出た。滝造たちに気付かれぬよう長屋に帰るためである。

最後に源九郎と菅井が店から出た。屋外は満天の星空で、頭上に十六夜《いざよい》の月が皓々《こうこう》とかがやいていた。

「菅井、油断するなよ。深田と河上は手練《てだれ》だぞ」

源九郎は、いずれふたりが源九郎と菅井の命を狙ってくるのではないかと見ていた。

「おまえもな」

菅井が頭上の月を見上げながら言った。

顎のしゃくれた面長の顔が月光に浮かび上がり、双眸《そうぼう》がひかっていた。剣客らしいけわしい顔である。

二

「おみよ、行ってくるぜ」

孫六がおみよに抱かれた富助の顔を覗き込みながら言った。富助は陽射しが眩《まぶ》しいのか、顔をしかめながらしきりに瞬《まばた》きをしている。

「おとっつァん、気をつけておくれよ。……もう歳なんだから」

おみよが小声で言った。

この日、孫六は浅草諏訪町の栄造を訪ねるつもりでいたが、おみよには両国広小路の見世物小屋を覗いてくる、と言っておいた。滝造たちに知られたくなかったし、おみよに心配をかけたくなかったのだ。

「富、富、いい子にしてるんだぜ」

孫六が富助の尻をたたきながらそう言うと、富助がちいさな口をあけて笑った。

「富が笑ったぜ。可愛いじゃァねえか。この子の泣き声がうるせえなどと、因縁をつけるやろうは許しちゃァおけねえ」

孫六はつぶやくような声で言うと、きびすを返して戸口から出ていった。

外は夏の強い陽射しが照り付けていた。孫六はふところから手ぬぐいを出して、頬っかむりした。顔に照り付ける陽射しを避けようと思ったのである。

長屋はひっそりとしていた。かすかに、女房のくぐもったような声や水を使う音がしたが、いつもの長屋らしい子供の元気な声や女たちの笑い声は聞こえなかった。まるで、廃墟のような静寂が長屋をつつんでいる。

……早く、長屋をもとどおりにしねえとな。

孫六はおみよや富助のためにも、活気に満ちたはぐれ長屋をとりもどしたかった。

孫六は両国広小路を通り抜け、柳橋を渡って千住街道を浅草寺《せんそうじ》の方へむかった。孫六は中風をわずらったため左足がすこし不自由だったが、足は速かった。長年岡っ引きとして鍛えた足腰は簡単には衰えないのであろう。

孫六は浅草諏訪町に入り、しばらく歩くと路地を右手にまがった。一町ほど路地をたどった先に勝栄《かつえい》というそば屋がある。栄造が女房のお勝《かつ》にやらせている店である。栄造とお勝の名からそれぞれ一字を取って、勝栄という店名にしたのだ。

勝栄の店先に暖簾が出ていた。客がいるらしく、なかから男の声が聞こえてきた。暖簾をくぐると、土間の先が追い込みの板敷きの間になっていて、客が三人そばをたぐっていた。職人らしい男がふたり、もうひとりは商家の奉公人らしい男だった。

「親分さん、いらっしゃい」

店先にいたお勝が、孫六を目にして声をかけた。満面に笑みを浮かべている。お勝は、孫六が番場町の親分と呼ばれた岡っ引きであったことを知っているのだ。

お勝は粋な年増《としま》だった。子持縞《こもちじま》の単衣《ひとえ》に赤い片襷《かただすき》をかけていた。肘のあたりまで露《あらわ》になった白い腕が何とも色っぽい。

る。

「いるかい」

孫六は、栄造の名を出さずに訊いた。それだけで、お勝には通じるはずである。

「いますよ。すぐ、呼びますから」

そう言い残し、お勝は尻をふりふり板場へむかった。

お勝が板場に入ると、入れ替わるように栄造が出てきた。料理の仕込みでもしていたのか、濡れた手を前だれで拭きながら孫六のそばに近付いてきた。

栄造は三十がらみ、腕利きの岡っ引きらしい色の浅黒い剽悍《ひょうかん》そうな顔付きをしていた。

「諏訪町の、そばと酒を頼まァ」

孫六は板敷きの間の框《かまち》に腰を下ろし、他の客にも聞こえるような声で言った。栄造と話し込んで、不審を持たれたくなかったのである。

「ちょいと、待ってくれ」

栄造はそう言い残し、板場にもどってからあらためて孫六の脇に腰を下ろした。お勝にそばと酒を用意するよう言付けて来たのだろう。

「とっつァん、ここまで、そばを食いに来たわけじゃァねえんだろう」

栄造が声を殺して訊いた。

「長屋が妙なことになってな」

「妙なこととは」

栄造が訊いた。

「おかしな男たちが四人も長屋に住み着いてな、住人たちに殴る蹴るの乱暴を働いて、追い出しにかかってるのよ」

「そいつら、住人を追い出してどうするつもりなのだ」

栄造の声がすこし大きくなった。興味を持ったのか、双眸に岡っ引きらしいひかりが宿っている。

「おれにも分からねえ。それでな、おめえに訊きてえことがあるのよ」

孫六がそう言って栄造に身を寄せた。

「何を訊きてえ」

「四人の名は、滝造、常三郎、それにごろんぼう（無頼漢）らしい牢人で、深田練次郎と河上左内だ。おめえ、知らねえか」

孫六が簡単に四人の年格好と風貌を言い添えた。

「滝造なら知ってるぜ」

栄造が言った。

「話してくれ」

「滝造は、深川の八幡さま界隈《かいわい》で顔を売っていた地まわりだよ。……ここ二年ほど噂を聞かなくなったが、伝兵衛長屋にもぐり込んでたのかい」

八幡さまは、富ヶ岡八幡宮のことである。栄造の話だと、滝造は若い娘を騙《だま》して女郎に売り飛ばしたり賭場で喧嘩したり、界隈では鼻摘まみ者だったという。ただ、大柄な上に強力の主だったので、喧嘩は滅法強く阿漕《あこぎ》な真似をされても見て見ぬふりをする者が多かったそうである。

「やっぱりそうかい」

船頭と言っていたのは、嘘らしい。

「滝造が、伝兵衛長屋に住み着いたとはなァ」

栄造も驚いたような顔をした。

「滝造だが、だれかの世話になっちゃァいなかったかい」

滝造のような男は、一匹狼ということはなく、たいがい土地の親分や顔役とつながっているものなのだ。

「深川界隈を縄張にしている親分とつながっていると聞いた覚えがあるが……」

「だれでえ、その親分は」

「賭場をひらいていたらしいが、だれなのか分からねえ。もっとも、分かりゃァ賭場に手が入ってるだろうし、そいつもお縄にしてるはずだ」

栄造は首をひねりながら言った。はっきりしないらしい。

そのとき、板場からお勝がそばと酒を運んできた。肴《さかな》に小鉢の酢の物とたくあんが添えてあった。

孫六は、勝手に一杯やらせてもらうぜ、と言って、手酌で猪口《ちょく》に酒をついだ。

猪口の酒を飲み干したところで、

「他の三人はどうでえ」

と、訊いた。

「常三郎と深田は知らねえが、河上の名は聞いたことがあるな」

栄造の話だと、河上は滝造と同じように富ケ岡八幡宮界隈を塒にする無頼牢人で、三年ほど前に辻斬りをしているのではないかとの噂があり、深川を縄張にしている仙吉《せんきち》という岡っ引きが探ったことがあるという。

ところが、なかなか尻尾《しっぽ》がつかめず、そのうちに河上の姿が見えなくなったこともあり、うやむやになってしまったそうである。

「滝造と河上の塒が同じ八幡さまの界隈にあったってえことは、前からつるんでたとみていいのかもしれねえなァ」

そう言って、孫六は銚子の酒を猪口についだ。

「まァ、同じ穴の貉《むじな》だろうな」

「諏訪町の、滝造たちが長屋に住み着いたことで、何か心当たりはねえかい」

孫六が猪口を手にしたまま訊いた。

「ねえ」

栄造はそう言って首をひねったが、何か思いついたように顔を上げて孫六に目をむけると、

「とっつァん、滝造たち四人が何かたくらんでいるのはまちげえねえぜ。何か、動きがあったら、おれにも話してくれ。滝造たちがお上に楯突くような真似をするようなら、おれも手を貸すぜ」

と、目をひからせて言った。

「そんときは頼む」

孫六が手にした猪口を飲み干すと、栄造は、ゆっくりやってくんな、と言い置いて、板場へもどった。

孫六は酒を飲み終えると、そばをたぐり、お勝に銭を払ってから店を出た。陽は西の家並のむこうに沈みかけていた。妙に上空が明るく、孫六の歩く路地は家並の影に覆われて薄暗かった。

……ここから先は深川だな。

孫六は路地を歩きながらつぶやいた。

三

はぐれ長屋を出た源九郎は、日本橋亀井町《かめいちょう》にむかった。亀井町に鏡新明智流《きょうしんめいちりゅう》の小笠原文蔵《おがさわらぶんぞう》の町道場があった。源九郎は小笠原から、深田と河上のことを訊いてみようと思ったのだ。

源九郎は鏡新明智流の遣い手だった。十一歳のとき、南八丁堀大富町《おおとみちょう》の蜊河岸《あさりがし》にあった鏡新明智流、桃井春蔵《もものいしゅんぞう》の士学館《しがくかん》に入門し、熱心に稽古に励んだ甲斐があって二十歳を過ぎるころには俊英と謳われるほどに腕を上げたのだ。

その後、師匠のすすめる縁談を断ったことから士学館にいづらくなってやめ、気の向くままに他流の門をたたいたり、槍術、居合などを学んだりしたが、歳とともに剣で身を立てる志も失《う》せて、軽格の御家人として自堕落な暮らしをするようになった。そして、いまは倅の俊之介に家を譲り気ままな独り暮らしをつづけている。

小笠原は源九郎が士学館に通っていたころ同門だった男で、その後独立して亀井町に町道場をひらいたのである。小笠原は鏡新明智流だけでなく、江戸の剣壇のことも明るかったので、深田と河上のことも知っているかと思ったのである。

小笠原道場は小体《こてい》な表店《おもてだな》の並ぶ通りの一角にあった。周囲が板壁になっていて、道場らしい武者窓もついていた。もとは、商家の店舗だったらしいが、大工を入れて道場らしく改築したようだ。

武者窓から気合、竹刀《しない》を打ち合う音、床を踏む音などが聞こえてきた。大勢ではないようだが、稽古をしているらしい。

源九郎は道場の戸口に立って声をかけた。すると、すぐに床板を踏む音がし、稽古着姿の若侍が姿を見せた。

「何か、御用でございますか」

若侍は源九郎を見ながら怪訝《けげん》な顔をした。

この日、源九郎は一張羅《いっちょうら》の羽織袴に二刀を帯び、御家人ふうの身装《みなり》で来ていた。ただ、老齢で人のよさそうな顔をしている源九郎は、剣術道場と縁のあるような男には見えなかったのだろう。

「小笠原どのは、おられるかな」

源九郎は穏やかな物言いで訊いた。

「どなたさまで、ございましょうか」

若侍はなおも訊いた。顔の訝《いぶか》しそうな表情は消えなかった。

「蛃河岸でいっしょだった華町源九郎が来たと伝えてくれぬか」

そう言えば、すぐに分かるはずだった。

「しばし、お待ちを」

若侍はそう言い置き、慌てた様子で道場へもどっていった。

いっとき待つと、若侍が大柄な初老の武士を連れてもどってきた。小笠原である。ここ数年、顔を合わせていなかったが、鬢《びん》や髷《まげ》にだいぶ白髪が増えていた。ただ、顔には艶《つや》があり、双眸もするどかった。ゆったりした大柄な身体に、道場主らしい威風がただよっている。

「おお、華町、久し振りだな」

小笠原は相好をくずした。

「おぬしに、ちと訊きたいことがあってな」

源九郎も懐かしそうに目を細めて言った。

「まァ、上がってくれ」

「稽古は」

「なに、いまは何人かが残り稽古をしているだけだ。わしは、おらんでもいい」

「では、遠慮なく」

小笠原は、源九郎を道場のつづきにある客間に連れていった。六畳ほどの部屋で、あけられた障子の先で、高野槙《こうやまき》と梅が深緑を茂らせていた。狭いが中庭になっているらしい。

「華町、元気そうではないか。そろそろ還暦だろうが、歳には見えんな」

対座すると小笠原が、源九郎を見ながら言った。

「おぬしもな、まだ四十代に見えるぞ」

源九郎は柄にもなく世辞を言った。

小笠原は源九郎より一つか二つ年下のはずなので、五十五、六のはずである。

「はっはは……。いくらなんでも、四十代には見えんだろう」

小笠原は目を細めて嬉しそうに笑った。腹の底では、世辞とは思っていないのかもしれない。

のではないのである。

「ところで、小笠原」

源九郎が声をあらためて言った。今日は、小笠原の御機嫌伺いに立ち寄ったのではないのである。

「なんだ」

「深田練次郎という男を知っているか」

「深田……」

小笠原は首をひねった。知らないのか、それとも思い出せないのか。

「かなりの遣い手らしいが、徒牢人《いたずらろうにん》でな」

源九郎は深田の年格好と風貌を話した。

「一刀流の村山《むらやま》道場にいた男だな。たしか、深田という名だったはずだ」

小笠原が源九郎に目をむけて言った。

一刀流の村山道場は本郷にあった。道場主は村山武八郎《ぶはちろう》。中西《なかにし》派一刀流の門下で、本郷に町道場をひらいていた。ただ、源九郎は村山道場の話を聞いたことがあるだけで、村山と会ったこともない。

「深田は、どんな男なのだ」

源九郎が訊いた。

はずだぞ」

「わしも、くわしいことは知らぬ。たしか、村山道場も七、八年前にやめている

小笠原によると、深田は御家人の冷や飯食いだったが、子供のころから稽古に通い、剣の天稟《てんぴん》もあったらしく、村山道場では屈指の遣い手だったという。

ところが、深田は素行が悪く、二十歳を過ぎると飲み屋や岡場所などに出入りするようになった。実家の内証《ないしょ》が苦しかったこともあり、遊ぶ金欲しさに同門の者を強請《ゆす》ったり、商家に因縁をつけて金を脅し取ったりするようになったという。

「そのうち、辻斬りをしているのではないかとの噂が立ってな。村山どのも、深田をこれ以上道場に置いておけないと思ったらしく、出入りを禁じたらしいな」

「その後は」

深田が村山道場を破門されてから七、八年経っているらしい。

「道場を出た後のことは知らぬ」

小笠原が素っ気なく言った。

「うむ……」

これだけでは、たいして役に立たない。深田が村山道場の門弟だったことが分

かったけである。

「おぬし、深田と何かかかわりがあるのか」

小笠原が、源九郎に訊いてきた。

「わしの住処《すみか》の近くに越してきてな。あまりの傍若無人ぶりに、手を焼いておるのだ」

源九郎は、はぐれ長屋のことを口にしなかった。華町家を出た経緯を説明するのが、面倒だったのである。

「そうか。……ところで、おぬし、近頃は稽古をしておらんのだろう」

そう言って、小笠原が源九郎の体に目をむけた。

「見たとおりだよ」

小笠原ほどになれば、座した姿や体の締まりぐあいを見ただけで、稽古をつづけているかどうか看破できるはずである。

「まさか、その鈍《なま》った体で、深田とやり合うつもりではあるまいな」

小笠原が顔をけわしくして言った。

「いまは、その気はないが……」

源九郎は言葉を濁した。源九郎が望まなくとも、深田の方で仕掛けてくれば立ち合わざるを得なくなる。

「やめておけ。わしの知っている深田は手練《てだれ》だ。それに、何人も人を斬っているだろう。深田の斬殺の剣は、道場での力量以上のものがあるはずだ。……おぬしでも、真剣でやり合ったら後れを取るぞ」

小笠原の顔に憂慮の翳《かげ》が浮いた。

「うむ……」

源九郎も深田は強敵だろうと思った。だが、はぐれ長屋を守るためには、深田を斬らねばならないかもしれない。

それから、源九郎は念のために河上左内のことも訊いてみたが、小笠原も河上のことは知らなかった。

「手間を取らせたな」

源九郎は礼を言って、腰を上げた。

道場の戸口まで見送りにきた小笠原が、

「どうだ、道場に稽古に来ないか。その鈍った体を鍛えなおしてやるぞ」

と、真面目な顔で言った。

「その気になったら世話になろう」

源九郎は、そう言い残して道場を後にした。

四

「旦那、お出かけかい」

井戸で水を汲んでいたお熊が、源九郎に声をかけた。そばに、おとよという若い女房がいて顔をむけたが、すぐに視線をそらせてしまった。ふたりの顔には、暗い鬱屈《うっくつ》した翳があった。

「ああ、孫の顔を見に倅のところへな」

源九郎は足をとめて応えたが、お熊はそれ以上話しかけてこなかった。いつもは、大声で冗談を口にするのだが、口をひき結んだまま釣瓶《つるべ》で水を汲んでいる。おとよも何も言わなかった。まるで、見ず知らずの他人でもあるかのようによそよそしい。滝造たちの存在が重くのしかかっているのだろう。

源九郎は苦笑いを浮かべて、路地木戸の方へ歩きだした。通りへ出てしばらく歩いたとき、源九郎は背後を歩いてくる町人体の男に気付《つ》いた。

……あやつ、わしを尾けているのか。

源九郎は、男が路地木戸を出たときから、ずっと同じ間隔を保って尾けてきたような気がしたのである。

男は手ぬぐいで頬っかむりし、縞柄の単衣に角帯、着物を裾高に尻《しり》っ端《ぱしょ》折りし、両脛を露にしていた。遊び人ふうである。源九郎は見覚えがなかった。滝造でも常三郎でもないようである。

……このまま三崎屋へ行くのは、まずいな。

と、源九郎は思った。お熊たちに六間堀町《ろっけんぼりちょう》にある華町家へ行くと言ったのは、滝造たちに行き先が知れるとまずいと思い、嘘を言ったのである。

源九郎は海辺大工町にある三崎屋へ行って、主人の東五郎と会ってみるつもりだった。差配の伝兵衛より直接東五郎に会って、話を聞いた方が手っ取り早いと踏んだのである。

源九郎は竪川沿いに出たところで、後ろを振り返って見た。まだ、男は同じ間隔を保って尾けてくる。

どうしたものかと迷いながら、源九郎は竪川にかかる二ッ目橋を渡った。竪川沿いの道をしばらく大川方面に歩き、竪川と合流する六間堀沿いの道を深川方面に歩けば、華町家はすぐである。

……お熊たちに話したとおり、新太郎《しんたろう》と八重《やえ》の顔でも見てくるか。

源九郎は華町家に立ち寄ってしばらく時を過ごせば、尾行の男もあきらめるのではないかと思ったのである。

新太郎と八重は、倅の俊之介と嫁の君枝との間に生まれた孫である。新太郎は六歳、八重は二歳。ふたりとも源九郎にとっては可愛い孫で、いつでも顔を見たい気はあったが、立ち寄れば、すぐに腰を上げるわけにはいかないので、三崎屋は後日ということになるだろう。

通りの右手に華町家が見えてきたとき、源九郎はあらためて背後を振り返って見た。

……おらぬ！

尾けていた男の姿がなかった。

源九郎は足をとめて町筋を念入りに見たが、跡を尾けていた男の姿はどこにもなかった。通り沿いの物陰に身をひそめている様子もない。

……わしの思い過ごしだったかな。

源九郎はそう思い、華町家の前を素通りした。新太郎と八重の顔を見るのは後にして、今日は当初の計画通り三崎屋へ行こうと思ったのである。

六間堀町を過ぎ、御籾蔵《おもみぐら》の裏手を通って小名木川《おなぎがわ》沿いの通りへ出た。川向こうが海辺大工町である。源九郎は小名木川にかかる万年橋を渡って海辺大工町へ入った。

三崎屋は小名木川沿いにあった。材木問屋の大店らしい土蔵造りの二階建ての店舗で、脇に材木を保管する倉庫が二棟あり、裏手には土蔵もあった。

印半纏《しるしばんてん》を羽織った奉公人らしい男や船頭ふうの男たちが、忙しそうに店に出入りしていた。大八車で運んできた材木を倉庫に運び込んでいる男たちの姿もあった。繁盛しているようである。

源九郎が店の前に近付いたとき、急に背後で走り寄る足音がした。

ハッ、として、源九郎は振り返った。さきほど、跡を尾けていた男のことが胸によぎったのである。

「旦那ァ、あっしで」

走り寄ってきたのは三太郎だった。驚いたように目を剝《む》いている。振り返った源九郎が刀の柄に手を添えて身構えたので、三太郎の方も驚いたらしい。

「なんだ、三太郎か。脅かすな」

そういえば、三太郎が三崎屋を探ることになっていたのだ。

「旦那、何かありましたか」

三太郎が身を寄せて訊いた。源九郎が突然あらわれたので、何かあったと思ったらしい。

「いや、近くまで来たついでに、三太郎の話を聞いてみようと思ってな」

源九郎は言葉を濁した。三崎屋の主人に話を聞く前に、三太郎から話を聞くべきだと思ったのだ。

「通りだと邪魔になりやすから、こっちへ」

三太郎は三崎屋の斜向《はす》かいにある桟橋へ源九郎を連れていった。通りには、通行人が行き来し、路傍に立って話すわけにはいかなかった。

そこは、小名木川にかかる桟橋で、数艘の猪牙舟《ちょきぶね》が舫《もや》ってあった。端の舟に船頭がいて、船底に茣蓙《ござ》を敷いていたが、他に人影はなかった。舫ってある舟の底を打つ水音が、タフタフと物憂そうにひびいている。

ふたりは通りから死角になっている桟橋の隅に立ったまま話した。

「それで、何か分かったか」

まず、源九郎が訊いた。

「店に変わった様子はありませんが、このところ、あるじの東五郎は外にほとんど出ねえで、店にこもっているようです」

三太郎が三崎屋の船頭から聞いたと前置きして話したことによると、東五郎は酒好きで深川、佐賀町《さがちょう》にある船宿や永代寺門前仲町《もんぜんなかちょう》にある料理茶屋などによく出かけていたが、ここ三月ほどほとんど店を出ないという。

佐賀町は大川沿いにひろがる町で、船宿や料理屋などが多い。永代寺は富ヶ岡八幡宮のことで、門前仲町は八幡宮の門前にひろがる町である。

「深田と河上のことで、何か知れたことはないのか」

源九郎が訊いた。

「そのことも聞き込んでみましたが、ふたりの名を知っている者はいませんでした。ただ、三月ほど前に、商人《あきんど》ふうの男がうろんな牢人を連れて店に来て、あるじの東五郎と会ったことがあるそうで」

「東五郎が、店から出なくなったころだな」

源九郎は、その牢人が深田か河上ではないかと思った。

いっとき、源九郎は小名木川の水面に目をやったまま黙考していたが、何か思いついたように顔を上げると、

「東五郎は、いま店にいるのか」

と、訊いた。

「いるはずで」

「東五郎に会ってみるか」

と、つぶやくような声で言った。そのつもりで、出て来たのである。ただ、三太郎と会って話を聞いたことは無駄ではなかった。現在の東五郎の様子を知った上で会うことができるのだ。

「あっしは、どうしやしょう」

三太郎が訊いた。源九郎といっしょに店に顔を出すわけにはいかないと思ったらしい。

「今日のところは、先に長屋に帰ってくれ。東五郎との話が長引くかもしれんのでな」

話が長くなるとは思わなかったが、東五郎が源九郎と会うかどうかが問題だった。何か理由をつけて、顔を見せないかもしれない。

五

三崎屋の暖簾をくぐると、帳場格子のむこうで算盤《そろばん》を使っていた番頭らしい年配の男が源九郎の姿を目にして、慌てた様子で立ち上がった。

年配の男は、愛想笑いを浮かべ揉《も》み手をしながら近寄ってくると、

「お武家さま、何かご用でございましょうか」

と、腰を低くしたまま訊いた。その顔に、戸惑いの色が浮いている。

源九郎は羽織袴姿で御家人ふうの格好で来ていたが、材木問屋に武家が姿を見せることなど滅多にないにちがいない。店先にいた奉公人や木挽《こび》き職人らしい男も、源九郎に不審そうな目をむけている。

「番頭さんかな」

源九郎は笑みを浮かべて訊いた。

「はい、番頭の粂蔵《くめぞう》でございます」

「粂蔵さんは、相生町にある伝兵衛長屋を知っているかな」

伝兵衛長屋の地主は、東五郎である。番頭の粂蔵が知らないはずはなかった。

「存じておりますが」

「わしは、伝兵衛長屋に住む華町源九郎ともうす者だが、おりいって東五郎どのと相談があってな。取り次いでもらえぬかな」

「ああ、華町さま」

粂蔵は、源九郎のことを知っているようである。ただ、顔から戸惑いの色は消

えなかった。主人に取り次いでいいものかどうか迷っているのだろう。

「長屋のことで大事があってな。差配の伝兵衛さんにも言えぬことゆえ、直接東五郎どのに伝えたいのだ」

源九郎がもっともらしい顔をして言った。

「承知しました。あるじに伝えてまいりましょう」

そう言い置くと、粂蔵はそそくさと奥へ引っ込んだ。

いっとき待つと、粂蔵がもどってきた。渋い顔をしている。東五郎に何か言われたのかもしれない。

「会うそうですが、すぐに話をすませていただけませんかね。あるじは体調をくずしておりまして、長く座っているのは辛いようですから」

粂蔵が、睨むように源九郎を見すえて言った。武家だから追い返さないが、店子の分際で出過ぎた真似をするな、と言いたげである。

「それは、それは……。なに、すぐに話は済みますよ」

源九郎は笑みを浮かべたまま言った。

粂蔵が連れていったのは、帳場のつづきにある座敷だった。客間らしく正面には山水画の掛け軸のかかった床の間もあった。

東五郎は床の間の脇に座していた。五十代半ばと思われる恰幅《かっぷく》のいい男だった。子持縞の単衣に絽《ろ》羽織、路考茶《ろこうちゃ》の角帯をしめていた。いかにも大店の主人らしい身装である。病人には見えなかったが、表情は暗かった。それに顔色がどんよりして生彩がなく、憔悴《しょうすい》しているように感じられた。

「華町さまですか」

東五郎は源九郎と顔を合わせると、細い声で訊いた。店子だが、武家として立てたようである。あるいは、源九郎たちがはぐれ長屋の用心棒と呼ばれ、商家や武家の難事を金ずくで解決していることを知っているのかもしれない。

「さよう。……番頭さんの話だと、ご気分が優れぬとか」

対座すると、源九郎が穏やかな声で訊いた。

「体が悪いわけではないが、いろいろありましてな。それで、どのようなご用件です」

東五郎が訊いた。源九郎に、むけられた目に不安そうな色があった。何か、心配事があるようである。

「長屋に越してきた深田練次郎と河上左内という牢人をご存じかな」

さっそく、源九郎が切り出した。

「知っておりますが」

東五郎が顔をしかめた。やはり、そのことかといった表情が顔に浮いた。

「長屋の者も、伝兵衛さんも困っておりましてな。店子のわしがこうして伺うのは、出過ぎた真似だと承知しておりますが、伝兵衛さんが苦慮されているのを見るに見兼ね、こうして伺った次第なのです」

源九郎は切羽詰まったような物言いをした。伝兵衛の顔をつぶさずに、東五郎からふたりのことを聞き出さねばならないのである。

「な、何か、あったのですかな」

東五郎が声をつまらせて訊いた。不安がさらに深刻になり、怯《おび》えるような表情が浮いている。

「ふたりの長屋での横暴ぶりは、目に余るものがござる。ふたりには仲間がおりまして、大勢《おおげさ》で因縁をつけられ、怖くなって長屋を出た者が何人もおります」

すこし大袈裟だったが、長屋の危機を知らせるためには、このくらい言ってもいいだろうと思った。

「そ、そう言われても、困る。長屋の差配は、伝兵衛に頼んであるのだ」

東五郎は狼狽《ろうばい》し、言葉をつまらせた。

「ふたりの請人は升田屋さんらしいが、三崎屋さんから請人になるよう依頼されたそうですが」

そう言って、源九郎は東五郎を凝視した。

「わ、わたしは、ふたりのことを、甚十郎に話しただけですよ」

東五郎が慌てて言った。声が上擦っている。

「三崎屋さんと、ふたりはどういう関係なのです」

源九郎が訊いた。

「か、かかわりなど、ありませんよ」

「請人になるよう話されたのですから、何かかかわりがあるはずですがな」

「そ、それは……。ちょっとしたことが」

東五郎の顔から不安と怯えが消えなかった。

「何があったのです」

源九郎は、東五郎と深田たちの間で退《の》っ引《ぴ》きならぬことがあったのではないかと推測した。そうでなければ、うろんな牢人の請人になるようなことはないだろう。東五郎の不安と怯えは、深田たちとのかかわりにあるのかもしれない。

「……い、以前、わたしが、ならず者にからまれているとき、通りかかったふたりに助けられたことがあったのですよ」

東五郎が慌てて言った。視線が揺れ、膝の上で握りしめた拳が震えている。

嘘だな、と源九郎は思った。何とか、この場をごまかそうと咄嗟《とっさ》に思いついたことをしゃべったのだ。それに、東五郎は異常と思えるほど、動揺している。

「噂に聞いたのだが、三月ほど前に商人ふうの男と牢人が店に来たそうだが、その牢人が、深田か河上ではないのかな」

源九郎がそう訊くと、見る間に東五郎の顔から血の気が失《う》せて紙のように蒼ざめてきた。東五郎は膝先に視線を落として身を顫《ふる》わせていたが、ふいに顔を上げると、開き直ったように目をつり上げて、

「ほっといてくださいよ。店子に、とやかく言われる筋合いはありませんよ。長屋が気に入らないなら、出ていったらいい。それに、わたしは、長屋をどうにかしてくれなんて、頼んじゃァいませんからね」

ひき攣《つ》ったような声で言いつのった。顔がこわばり、体がわなわなと顫えている。

源九郎は、東五郎が逆上したのは、強い不安と怯えの裏返しだと思った。東五郎は他人に話すことのできない崖っ縁に追いつめられているのかもしれない。

「東五郎さん、わしらにできることがあれば相談に乗りますよ。その気になったら、話してください。長屋にいるわしの仲間は、頼りになりますぞ」

源九郎は東五郎を見つめ、思いを込めた言葉で言うと、今日は引上げましょう、と小声で言い置いて、腰を上げた。東五郎が何に怯えているのか分からないうちは、追いつめない方がいいと源九郎は思ったのである。

東五郎は何か言いたそうな顔で源九郎を見上げたが、何も言わず、悲痛な顔でちいさく首を横に振っただけだった。

三崎屋を出ると、陽は家並のむこうに沈み、西の空は血を流したような残照に染まっていた。源九郎は足を速めた。暗くなる前に長屋まで帰りたかったのである。

小名木川にかかる万年橋を渡り、六間堀沿いの道へ出たとき、源九郎は背後に人の気配を感じて振り返った。

……あの男だ！

長屋から三崎屋へむかったとき、跡を尾けていた町人体の男である。まちがいない。男は、ずっと源九郎の跡を尾けていたようである。とすれば、三太郎と話していたのも、三崎屋へ入ったのも見られたことになる。

男は通り沿いの天水桶の陰や樹陰などに身を隠しながら、源九郎の跡を尾けてくる。源九郎は、このまま放置できないと思った。男が何者なのか正体を知りたかった。

……あの男を捕らえてくれよう。

源九郎はさらに足を速めた。俊之介たちが、とばっちりを受けないよう華町家を過ぎてから仕掛けようと思った。

背後の男は離れず、一町ほどの間隔を保ったまま尾けてくる。

源九郎は竪川沿いの道に突き当たり、右手にまがるとすぐに走り出した。背後の男から源九郎の姿は見えないはずである。

源九郎は右手の下駄屋の前の細い路地に走り込むとすぐ、板塀の陰へ身を隠して通りに目をやった。男が源九郎を追って路地に走り込んできたところを捕らえようと思ったのである。

いっときすると、走ってくる足音が聞こえ、路地の先に男があらわれた。男は路地の入り口で足をとめ、こちらに目をむけて逡巡《しゅんじゅん》するような顔をしていた。

……さァ、入って来い。

源九郎は、刀の鯉口を切って、柄に手をかけた。近付いたら飛び出して、峰打ちをくらわしてやるつもりだった。

男は二、三歩、路地に入ってきたが、ふいにきびすを返して走り出した。源九郎の姿は見えないはずだが、危険を察知したらしい。

……気付かれたか！

源九郎は板塀の陰から飛び出して走った。

竪川沿いの通りへ出ると、六間堀沿いを深川の方へ走る男の後ろ姿が見えた。迅《はや》い！ 男の姿はかなり遠ざかっていた。見る間に、源九郎との間が離れていく。

……これは、とても駄目だ。

と思い、源九郎は追わなかった。足の速さでは、とても男にかなわなかった。

源九郎は男の後ろ姿が通りの先に見えなくなると、二ツ目橋の方へ歩きだした。辺りは暮色につつまれ、竪川の向こうにはぐれ長屋のあるあたりの家並が、淡い闇のなかに沈んだように見えていた。

六

菅井は大川端を足早に歩いていた。そこは新大橋に近い日本橋で、右手に大川が流れ、左手に大名の下屋敷や大身の旗本屋敷がつづいていた。

暮れ六ツ（午後六時）すこし前である。大川端にはぽつぽつと人影があった。仕事を終えたぼてふりや供連れの武士などである。

菅井は京橋へ出かけた帰りだった。京橋の水谷町《みずたにちよう》に田宮流居合の道場で同門だった菊田《きくた》という牢人が住んでおり、深田と河上のことを訊いてみようと思い、足を運んできたのである。

菊田は深田と河上のことを知らなかった。菊田は十年ほども前に道場をやめていたので、知らないのも無理はなかった。

新大橋のたもとを過ぎて数町歩いたとき、菅井は背後を歩いてくる男のことが気になって振り返って見た。手ぬぐいで頬っかむりした男が、すこし前屈みの格好で歩いてくる。菅井との距離は半町ほど。遊び人ふうの格好だが、身辺に獲物を追う獣のような雰囲気がただよっていた。

……あいつ、おれを尾けているのか。

菅井は京橋から八丁堀へ出てしばらく歩いたとき、同じ男を見かけたような気がしたのである。

まァ、いい、何者かは知らぬが、尾けたければ勝手に尾けろ、菅井は胸の内でつぶやいた。男はひとりである。しかも、町人だった。ひとりでは何もできまい、と菅井は高を括《くく》っていたのだ。

どこからか、暮れ六ツの鐘の音が聞こえてきた。陽は沈み、左手の築地塀《ついじべい》の陰や川沿いの樹陰に、淡い夕闇が忍び寄っている。通りの人影はすくなくなり、汀《みぎわ》に寄せる大川の波音だけが聞こえていた。

前方の大名屋敷の築地塀のそばに人影があった。武士らしく二刀を帯びている。牢人であろうか。総髪で、着古した納戸《なんど》色の小袖によれよれの袴姿だった。

……あやつ、辻斬りか。

牢人体の男の身辺に殺気がある。しかも、遣い手らしく、立ち居に隙がなく腰が据わっていた。中背で、ひきしまった筋肉が体中をおおっていることが、遠目にも見てとれた。武芸で鍛え上げた体である。

牢人体の男は、ゆっくりとした歩調で通りへ出て来ると、菅井の行く手に立ちふさがった。面長で顎がとがっている。つり上がった双眸が、刺すような鋭いひかりを宿していた。深田でも河上でもなかった。初めて見る顔である。

「おれに何か用か」

菅井は牢人体の男と三間ほどの間合を取って足をとめた。

そのとき、背後に走り寄る足音が聞こえた。尾行していた町人体の男が駆け寄って来たのである。

どうやらふたりは仲間らしい。菅井は、左手の築地塀に近付いて背をむけた。背後から町人体の男に襲われるのを避けるためである。

「菅井紋太夫だな」

牢人がくぐもった声で訊いた。

「いかにも。……おぬしは」

菅井が誰何《すいか》した。

「見たとおりの牢人だ」

牢人は名乗らなかった。

「おまえは」

菅井は右手に立った町人体の男に訊いた。

手ぬぐいの頰っかむりで、顔がはっきりしなかったが、歳は三十がらみ、丸顔で細い目をしていた。体はずんぐりしていたが、すばしっこそうである。

「あっしは、見たとおりの町人でさァ」

町人体の男がうそぶくように言った。

「それで、牢人と町人が、何の用だ」

菅井は左手で刀の鍔元《つばもと》を握り鯉口を切った。

「四、五日のうちに、伝兵衛長屋を出てもらいてえ」

町人が低い声で言った。声に恫喝《どうかつ》するようなひびきがある。

「ほう、長屋を出ろとな。どうして、おれが長屋を出ねばならんのだ。店賃はきちんと払っているぞ」

菅井は、ふたりが滝造たちの仲間だと察知した。同時に、容易ならぬ者どもだ、と思った。長屋に越してきた滝造たち四人の他に、前に立っているふたりも一味らしいのだ。

「あの長屋は、おれたちのものでな、おめえらは邪魔なのよ」

町人が言った。左手に立っている牢人は、両腕をだらりと垂らしたまま無言で立っている。

「あの長屋は、三崎屋のものだ。おまえらのものではない」

菅井が言った。

「おめえとここで、長屋の持ち主のことでやり合うつもりはねえ。……命が惜しかったら、出て行けと言ってるんだ」

町人の言葉に苛立《いらだ》ったようなひびきがくわわった。

「断る。居心地のいい長屋なのでな」

そう言って、菅井が歩き出そうとすると、牢人が前にまわり込んできた。右手を刀の柄に添え、腰を沈めて抜刀体勢を取っている。

「やる気か」

菅井も右手を柄に添えた。

「へらず口をきけないようにしてやろう」

言いざま、牢人が抜刀した。

ほぼ同時に、町人がふところから匕首《あいくち》を抜き、左手にまわり込んできた。

対峙した牢人は、青眼に構えた。切っ先をぴたりと菅井の左眼につけている。腰が据わり、隙がない。

……手練だ！

菅井の顔がこわばった。

牢人の体が切っ先の向こうに遠ざかったように見えた。剣尖《けんせん》の威圧で、間合を遠く見せているのだ。

町人はすこし前屈みの格好で、匕首を胸の前に構えている。喧嘩慣れした男らしく、興奮で体が硬くなっている様子はなかった。菅井の隙をついて、飛びかかってくるにちがいない。

強敵だった。菅井の胸に、殺《や》られるかもしれない、との思いがよぎり、全身が粟立《あわだ》った。恐怖である。居合は複数の敵に弱いところがある。二人目の敵とは、抜刀し最初の敵と斬り結んだ後で、対処せねばならないからだ。牢人ひとりでも強敵だが、ふたりが相手では後れを取るかもしれない。

それでも菅井は胸の内の動揺を抑え、居合腰に沈めて抜刀体勢を取った。ここは、ふたりと戦うしか手はないのだ。

対峙した牢人との間合は、およそ三間。まだ、抜きつけの間ではない。牢人が足裏を擂《す》るようにして、すこしずつ間合をつめてくる。

菅井は己の剣気を高め、抜刀の機をうかがった。居合は抜刀の迅さと正確な間積もりが命である。菅井は抜きつけの一刀に牢人との勝負を賭け、返す二の太刀で町人を仕留めるつもりだった。

牢人との間合がしだいにつまってくる。息詰まるような緊張と静寂がふたりをつつんでいた。気合はむろんのこと、息の音すら聞こえてこない。

一足一刀の間境の手前で、牢人の寄り身がとまった。剣尖から痺《しび》れるような剣気を放射し、気魄《きはく》で菅井を圧倒しようとしている。

菅井は切っ先でそのまま突かれるような威圧を感じたが、気を鎮めて抜刀の機をうかがった。牢人が動いた瞬間が、抜きつける機だと読んでいた。

数瞬が過ぎ、凍りついたような緊張がふたりを圧している。

とそのとき、左手にいた町人が、一歩踏み込んだ。

刹那《せつな》、牢人の切っ先から稲妻のような剣気が疾《はし》り、全身が膨れ上がったように見えた。

イヤァッ！

タアッ！

裂帛《れっぱく》の気合が静寂をつんざき、対峙したふたりの体が躍動した。

牢人が青眼から踏み込みざま、袈裟へ斬り込んできた。

迅い！　居合の抜きつけに劣らぬ神速の斬撃である。

間髪を入れず、菅井も抜きつけた。逆袈裟へ。電光のような一刀である。

二筋の閃光《せんこう》が、ふたりの眼前で合致し、甲高い金属音とともに上下に跳ね返った。袈裟と逆袈裟の太刀がはじき合ったのである。

次の瞬間、ふたりは背後に跳びざま、二の太刀を放った。ふたりの切っ先はほぼ同時に敵の籠手《こて》へ伸びた。

菅井の右手首に疼痛がはしった。牢人の切っ先がとらえたらしい。だが、薄く皮肉を裂かれただけの浅手である。一方、菅井の切っ先は牢人の袖口を裂いて流れた。

菅井が背後に跳び、体勢を立て直して青眼に構えようとしたときだった。一瞬の隙を衝き、町人が吼《ほ》え声を上げてつっ込んできた。体ごとぶっつかってくるような勢いで、匕首を前に突き出した。

菅井は刀で匕首を払う余裕がなかった。瞬間、菅井は身を倒すようにして匕首の切っ先をかわしたが、体勢が大きくくずれ、たたらを踏むように泳いだ。

その隙をとらえた牢人が、

「もらった！」

叫びざま、斬り込んできた。

菅井は刀で受けることもかわすこともできなかった。

ザクリ、と菅井の肩口が割れた。焼き鏝《ごて》を当てられたような衝撃がはしったが、それほどの痛みは感じなかった。気が昂《たかぶ》っているせいであろう。

菅井は低い呻《うめ》き声を上げ、よろよろと後じさって背を武家屋敷の築地塀につけた。そして、切っ先を正面に立った牢人にむけた。

まだ、刀はふるえる。菅井は歯を剝き出し、目をつり上げて唸《うな》り声を上げた。凄まじい形相だった。般若《はんにゃ》というより、夜叉《やしゃ》のような憤怒の顔である。

「どてっ腹に、風穴をあけてやるぜ」

町人が血走った目で、左手から迫ってきた。手にした匕首が、うす闇のなかで猛獣の牙のようにひかっている。

「待て」

と、牢人がとめた。

「こいつを殺すのは、まだ早い。長屋の連中に伝言を頼みたいのでな」

牢人の口元に嘲笑《ちょうしょう》が浮いていた。

「菅井、華町たちに言っておけ。とても手に負えるような相手ではないので、長屋を出るしかないとな」

そう言うと、牢人は刀身を下げた。

すると、そばにいた町人が、

「長屋に帰《けえ》ったら、すぐに荷物をまとめて出てくんだな、もっとも、その傷じゃァしばらく動けねえか」

と揶揄《やゆ》するように言い、匕首をふところの鞘に納めた。

菅井は荒い息を吐きながら、遠ざかっていくふたりの背を見送っていた。激しい屈辱と怒りが体中を駆けめぐり、肩先の痛みすら感じさせないほどだった。

……お、おれを、虚仮《こけ》にしおって！

菅井は喚《わめ》き声を上げながら、よろよろと歩きだした。

七

「だ、旦那ァ！」

孫六が腰高障子をあけて飛び込んできた。

源九郎は土間の竈《へっつい》の前にいた。襷で両袖を絞り、火吹き竹を持っている。すこし遅かったが、めしを炊いて夕餉《ゆうげ》の支度をしようと思っていたのである。

「菅井の旦那がやられた！」

孫六は源九郎の顔を見るなり叫んだ。

「なに、まことか」

源九郎は、全身にいきなり冷水を浴びせられたような衝撃を受けた。

「へい、血塗《ちまみ》れになって帰《けえ》ってきやした」

「部屋にいるのか」

源九郎は手にした火吹き竹を足元に落とした。

「へ、へい」

「行くぞ」

源九郎はすぐに戸口から飛び出した。孫六が慌てて追ってくる。

菅井の家の前に人だかりがしていた。長屋に住む女房、子供、それに仕事から帰ったばかりらしい男の姿もあった。

「どいてくれ」

源九郎は戸口から飛び込んだ。行灯《あんどん》の明りのなかに、横になっている菅井の姿が見えた。そのまわりに、数人の男女が集まっていた。茂次、又八、お梅、おせつである。どこかに、出かけているらしく、三太郎の姿はなかった。

菅井は顔をしかめて唸り声を上げていた。肩先から胸にかけて晒が当てられ、どっぷりと血を吸って、どす黒く染まっている。

「どうだ、具合は」

源九郎は菅井の脇に座るなり、菅井の顔と肩口に目をやった。出血は激しいが、顔色は悪くない。

「たいした傷ではない。騒がんでくれ」

菅井は顔をしかめながら、骨には異常がないので、横になっていればすぐに治る、と言い添えた。

そのとき、そばにいたおせつが、

「三太郎さんが、東庵《とうあん》先生を呼びに行きました」

と、小声で言った。

東庵は相生町に住む町医者で腕は確かだった。それに、長屋の住人のような貧乏人でも気安く診《み》てくれるのだ。

「医者はいいと言ったのだがな。三太郎が、飛び出していったのだ」

菅井が苦笑いを浮かべて言った。

それから、小半刻（三十分）ほどすると、三太郎が東庵を連れてきた。東庵は、すぐに菅井の肩口から胸にかけて当てがわれていた晒を取って傷口を診た。肩口から斜めに一尺ちかく斬られ、傷口から血が溢れ出ていた。ただ、傷口は深くなく、骨にも異常はないようだった。

東庵はすばやく傷口を酒で洗い、白布にたっぷりと金創膏《きんそうこう》を塗って傷口に当てると、菅井に身を起こさせ、用意した晒を巻き始めた。

「まァ、大事あるまいが、しばらく、安静にしてることですな」

東庵は集まった源九郎たちにも聞こえる声で言った。

治療が終わると、東庵は三太郎に送られて長屋を出ていった。東庵と三太郎がいなくなると、何となくざわついていた部屋のまわりが静かになった。いつの間にか、戸口に集まっていた長屋の連中がいなくなっている。それぞれの家に帰ったらしい。命にかかわるような傷でないと知って安心したのだろう。

「みなさん、夕めし、まだなんでしょう」

そう言って、お梅が立ち上がると、おせつが、あたしも手伝います、と言って腰を上げた。すると、又八もその場に居辛くなったのか、あっしの家にも何かあるはずだ、おみよに持って来させやすよ、と言って、立ち上がった。

三人が戸口から出て行くと、菅井のまわりに残ったのは、源九郎、孫六、茂次の三人だけになった。

「菅井、だれにやられた」

源九郎が声をあらためて訊いた。

「名は分からんが、滝造たちの仲間であることはまちがいない」

菅井は、大川端でやり合った牢人と町人の年格好や風貌を話した。

「その町人に、わしも尾けられたぞ」

源九郎は、町人が手ぬぐいで頬っかむりしていたことや背格好などから、三崎屋に出かけたとき尾行していた男にまちがいないだろうと踏んだ。

「そいつは、滝造でも常三郎でもねえんですかい」

孫六が驚いたような顔をして訊いた。

「ちがうな。それに、牢人も、深田や河上とは別人だ」

菅井が低い声で言った。

「滝造たち四人の他に仲間がいるのか」

「それも、腕が立つ。牢人体の男は、おれを斬れたのに手を引いたのだ。長屋にいる仲間に、おれの口から出ていくように言わせるためにな」

菅井の顔が屈辱にゆがんだ。

「……容易ならぬ一味だな」

源九郎は、脇腹を冷たい物で撫《な》でられたような気がして身震いした。ふたり人数が増えただけではない。町人も一筋縄ではいかないような男らしいし、牢人は菅井が後れを取るほどの手練なのだ。

「旦那、あっしは出ていかねえぜ」

孫六が声を震わせて言った。

「わしも、出ていくつもりはないが……」

そう言って、源九郎は茂次と菅井に目をやった。菅井は傷を負ったし、茂次にはお梅という所帯を持ったばかりの女房がいるのだ。

「あっしも、この長屋を出るつもりはねえ」

茂次が目をひからせて言った。

すると、菅井も、

「おれは、東庵先生に言われたばかりだ。しばらく、安静にしろとな。長屋を出て行くことはできぬではないか」

と、苦笑いを浮かべて言った。

「おそらく、三太郎も長屋を出て行くとは言わんだろう。だが、用心せぬとな。次は容赦なく、命を狙ってくるぞ」

源九郎は、しばらく三崎屋と升田屋の探索から手を引いた方がいいと思った。それに、敵を油断させるために、だれかひとりぐらい長屋を出る手もあるだろう。

源九郎は自分の考えを話した後、

「わしが、長屋を出たがっているとの噂を流してくれ」

と、三人に頼んだ。

滝造たちに新しい住処を探していると思わせれば、長屋を出歩く口実にもなるだろうと踏んだのだ。

第三章　大家交代

一

はぐれ長屋を出た源九郎は、深川今川町《いまがわちょう》にむかった。今川町にある浜乃屋《はまのや》という小料理屋に行くためである。源九郎は、女将のお吟《ぎん》とわりない仲だったのだ。

お吟は、袖返《そでがえ》しのお吟と呼ばれた女掏摸《すり》だったが、源九郎のふところを狙って押さえられ、やはり掏摸だった父親とともに改心して浜乃屋を始めたのである。

その後、お吟と父親はむかしの掏摸仲間がからむ事件に巻き込まれ、父親は無頼牢人に殺され、お吟も命を狙われたことがあった。そのさい、源九郎が長屋にお吟をかくまい、狭い部屋で共に暮らすうちに、ふたりは情を通じあったのである。

このところ、源九郎は六間堀町の華町家をはじめ、本所、深川方面へしばしば足を運んでいた。長屋の者たちは、源九郎が新しい住居を探すために出歩いていると思っていた。それというのも、茂次や孫六などが、源九郎は長屋を出るつもりらしい、との噂を長屋に流したからである。

この日も、源九郎は井戸端で出会ったお熊たちに住居探しに行くことを匂わせて、長屋を後にした。源九郎が長屋を出るつもりらしいという噂は、すぐに滝造たちの耳に入り、狙いどおりにことが運んでいるとみて、ほくそ笑んでいるはずだった。それに、源九郎が降伏したとみて、茂次たちに対する警戒もおろそかになるだろう。

ただ、お熊やおまつなどは、源九郎が長屋を見捨てるつもりらしいと思い、不満を抱いているようだったが、敵を欺くためにはまず味方からで、やむを得ない、と源九郎は思った。それに、長屋を出ることを匂わせておくのも、そう長いことではないのだ。

源九郎は、この間にできるだけ滝造一味のことを探ろうと思っていた。浜乃屋へ行くのも、お吟から三崎屋のことを訊《き》くためだった。もっとも、久し振りに、お吟と逢いたい気持もないではない。

浜乃屋の店先に暖簾《のれん》が出ていた。土間の先が追い込みの座敷になっていて、そこにふたりの客がいた。黒半纏《くろばんてん》を羽織った船頭らしい若者が、何やらしきりに話しながら酒を飲んでいる。

源九郎が店のなかに入って行くと、ふたりは口をつぐんで目をむけたが、すぐに向き直っておしゃべりをつづけた。深川、山本町《やまもとちょう》の遊女屋の話らしい。山本町は永代寺の門前にあたり、岡場所で知られた地である。

そのとき、下駄の音がし、お吟が顔を出した。小鉢をのせた盆を手にしていた。ふたりの客に肴《さかな》を運んできたらしい。

「あら、旦那、いらっしゃい」

お吟は笑みを浮かべ、盆を手にしたまま身を寄せてきた。

色白の年増《としま》である。柳眉に形のいい花弁のような唇、ほんのりと朱を刷《は》いたような頬。黒襟のついた子持縞《こもちじま》の単衣《ひとえ》に紺の前だれ、赤い片襷《かただすき》をかけている。なんとも色っぽい姿である。

「お吟、酒と肴を頼む」

ふところは寂しかったが、今晩の酒代だけは用意してきた。

「奥の座敷で、待っていてくださいな」

お吟は、源九郎の耳元に口を寄せてささやいた。甘酸っぱいような脂粉の匂いとかすかな酒の匂いがした。

「うむ……」

とたんに、源九郎は目尻を下げ、そそくさと奥の座敷にむかった。

座敷に腰を下ろしていっとき待つと、お吟が酒肴を運んできた。魚は鰈《かれい》の煮付けに酢の物、それに小鉢に漬物があった。料理は吾助《ごすけ》という還暦にちかい包丁人が作っているはずである。

浜乃屋は小体《こてい》な店で、お吟と吾助だけでやっている。それに、ときおり吾助の娘のお清《きよ》が手伝いに来ることもあった。店の接客は、お吟が一手に引き受けている。もっとも、客はそれほど多くないので、それでもやっていけるのだ。

お吟は源九郎の脇に座ると、肩先を源九郎の胸元に寄せるようにして、

「旦那、どうして、来てくれなかったんですよ」

と、甘えたような声で言いながら、源九郎の猪口《ちょく》に酒をついだ。

「いろいろあってな」

源九郎は、お吟の白いうなじに目をやりながら目を細めて言った。

「いろいろって、まさか、いい女《ひと》ができたんじゃァないでしょうね」

お吟が口先をとがらせて訊いた。

「そんなふうに見えるか」

「見えないけど」

「いやに、はっきり言うな」

「いいの、旦那のいいところは、あたししか知らないんだから」

お吟はそう言って、肩先を源九郎の胸に押しつけるようにした。

「まァ、孫がふたりもいるような年寄りが、女に好かれるはずがないからな」

源九郎の胸にお吟との歳の差がよぎり、急に気持が萎《な》えた。ふたりは親子ほども歳が離れているのである。

「歳なんて、関係ないわ。あたしは旦那が好き、それだけよ」

「そうか、そうか」

何と嬉しいことを言ってくれるのであろうか。これだから、なかなかお吟と別れられないのである。

「でも、たまにしか来てくれない旦那は嫌い」

お吟はそう言うと、すこし身を離した。商売中であることを思い出したのであろう。

源九郎も長屋の危機が脳裏をよぎり、いつまでも鼻の下を伸ばしているわけにはいかないと思って劣情を振り払うと、

「ところで、お吟、材木問屋の三崎屋を知っているか」

と、声をあらためて訊いた。

「海辺大工町の？」

「そうだ」

「知ってるわよ。うちの店にも、三崎屋さんに出入りしている大工さんや船頭さんが来ることがあるからね」

お吟も、真面目な顔をして座り直した。

「それなら、話を聞いているかもしれんな」

「でも、旦那。何で三崎屋のことなど訊くの」

お吟が怪訝《けげん》な顔をした。

「実はな、長屋が妙なことになっておるのだ」

源九郎は、これまでの経緯をかいつまんで話した。

「へえ、そうだったの」

　お吟は、驚いたような顔をした。

「長屋を放っては置けぬ。今度だけは、損得抜きでやらねばな。菅井や孫六たちも、その気になっているのだ」

　源九郎がそう言うと、お吟は身を乗り出すようにして、

「ねえ、旦那、あたしにも手伝わせてよ。あたしだって、伝兵衛長屋には世話になってるんだからね」

　お吟が意気込んで言った。

　お吟は、掏摸仲間のからむ事件に巻き込まれて命を狙われたとき、はぐれ長屋に身を隠したことがあった。そのとき、お熊たち長屋の住人に面倒を見てもらったのである。それに、いまでもときおり源九郎と逢うために、長屋へ出かけてくる。お吟にとっても、深いかかわりのある長屋なのである。

「お吟の手も借りたいが、その前に、三崎屋のことで訊きたいことがあるのだ」

「何が訊きたいの」

「ちかごろ、三崎屋で何か変わったことはないかな」

　源九郎は、三崎屋の主人の東五郎が何らかの事件に巻き込まれているのではないかと思っていた。

「そう言えば、店にきた与吉《よきち》さんと源平《げんぺい》さんが、あるじの東五郎さんはちかごろ店にこもっていることが多い、と話してたわね」

お吟によると、与吉と源平は三崎屋に出入りしている大工だという。

「他に何か聞いていないか」

源九郎は、すでにそのことは聞いていたし、東五郎と会って話もしていたが、滝造たちとのかかわりは分からなかったのだ。

「そうねえ、与吉さんたち、倅さんのことも話していたわね」

お吟が記憶をたどるように虚空に目をとめて言った。

「東五郎には、倅がいるのか」

「いるわよ。たしか、房次郎《ふさじろう》さんという名だったわね」

お吟によると、房次郎は三崎屋の跡取りで、二十二、三ではないかという。

「それで、与吉たちはどんな話をしていたのだ」

源九郎が訊いた。

「ここしばらく房次郎さんの姿を見かけないが、どうしたんだろうって話してたけど」

「房次郎は、どんな男なのだ」

「さァ、あたしは会ったことないし……。与吉さんたちは、道楽息子と言ってたけど……」

お吟は首をひねった。

源九郎は房次郎のことが気になって、いろいろ訊いてみたが、お吟もそれ以上のことは知らないらしく、首を横に振るばかりだった。

源九郎が房次郎のことを執拗《しつよう》に訊いたからであろうか、お吟が身を乗り出すようにして、

「旦那、房次郎さんのこと、あたしが探ってみようか」

と、言った。

「探れるか」

「わけないよ。与吉さんたちに訊いてもいいし、あたしが三崎屋さんに行って探ってもいいいんだから」

そう言って、お吟は目をひからせた。女掏摸だったせいもあってか、お吟は尾行や探索などが嫌いではなかった。

「頼みたいが、店に来た客にそれとなく訊くだけでいいぞ」

源九郎は、お吟が滝造一味に目をつけられでもしたら大変だと思ったのであ

る。

それから、源九郎は一刻（二時間）ほど飲み、店に数人の客が入ってきたところで、腰を上げた。

お吟は源九郎の袖を握って、泊まっていけ、と言ったが、源九郎は、また、来ると言い置いて店を出た。一度、泊まってしまえば、ずるずると店に居座ってしまい、それこそお吟の紐のような暮らしをつづけることになるかもしれない。

……孫がふたりもいる年寄りが、料理屋の女将の紐は似合わないからな。

源九郎は、夜道を歩きながらそうつぶやいた。胸の内には、お吟には若い男といっしょになって、人並の母親になってもらいたいという思いもあったのである。

二

茂次は、黒江町の掘割のそばにいた。掘割沿いの路地で、長屋へつづく路地木戸の脇である。茂次は床几《しょうぎ》に腰を下ろしていた。膝先には、砥石《といし》や鑢《やすり》の入った仕立て箱や水を張った研ぎ桶が置いてある。

研師《とぎし》である茂次は、商売をしながら黒江町にある升田屋を探ってみようと思い、数日前から付近をまわっていたのである。

茂次の座っている背後に長屋があり、その先には富ケ岡八幡宮の門前通りに面した升田屋があった。茂次は、この長屋に住む女房連中なら升田屋のことも知っていると思い、半刻（一時間）ほど前から客が来るのを待っていたが、まだひとりも寄り付かなかった。長屋の住人も、顔見知りでない茂次には頼みづらいのだろう。

それからしばらくして、路地木戸からでっぷりした大年増が姿を見せ、

「研屋《とぎや》さんかい」

と、声をかけた。錆《さ》びた包丁を手にしている。

「へい、姐《あね》さん、安くしときやすぜ」

茂次は愛想よく言った。

「ひどい包丁だけど、いくらで研いでもらえるかね」

大年増は、手にした包丁を差し出した。

「この辺りは初めてだし、姐さんは口開けだ。ふだんは二十五文いただいてやすが、まけて十五文でどうです」

茂次は、ふだん包丁は二十文で研いでいた。初めから十五文にしようと思って

いたが、五文だけまけたのではたいしたことはないので、二十五文と言ったのである。ただ、十五文は相場としても安いはずだった。

「そうかい、すまないねえ」

大年増は包丁を茂次に手渡すと、長屋へもどろうとした。

「姐さん、ちょいと」

茂次が声をかけた。

「何だい」

大年増は怪訝な顔をして振り返った。

「ちょいと、待っていただけやすかね。ここは初めてなんで、姐さんがどの家なのかも分からねえ。それに、あっしは、研ぐのが早《はえ》えから、そう待たせるようなことはいたしやせん」

茂次は大年増を引きとめておいて、話を聞き出そうと思ったのである。

「かまわないよ」

大年増は茂次の前に屈みこんだ。

茂次は荒砥《あらと》を取り出し、包丁の錆《さび》を落としながら、

「この先に、升田屋ってえ料理茶屋がありやすが、姐さんは知っていやすかい」

と、世間話でもする調子で話しかけた。

「知ってるよ。長屋のすぐ裏だもの」

「あっしが、親方に世話になっているとき、一度だけ升田屋でごっそうになったことがありやしてね。豪勢な料理で、驚きやしたよ」

茂次は砥石を動かしながら言った。

「そうかい。あたしら、貧乏人には縁のない店だからねえ」

「ところで、升田屋は材木問屋の三崎屋がやってる店なんですってねえ」

「そうなんだよ」

「材木問屋が料理屋などやって、うまくいくんですかねえ。あっしには、畑違《ちげ》えのように思えやすが」

茂次はそれとなく水をむけた。

「それが、ちかごろ、うまくいってないらしいんだよ」

大年増が急に声をひそめて言った。声に昂《たかぶ》ったひびきがある。こうした話が好きらしい。もっとも、長屋の女房連中は、概して他人の噂話が好きである。だからこそ、茂次は研師をしながら聞き込みにまわるのである。

「何かあったんですかい」

茂次も声を落として訊いた。

「それがさ、ここ半年ほど、店の切り盛りのことでごたごたしていてね。升田屋を預かっている甚十郎さんが、三崎屋さんから店を譲り受けることになったらしいよ」

「譲り受けるって、あれだけの店だ、安くねえだろう。それに、甚十郎ってえひとは、三崎屋の番頭だったと聞いてるぜ」

茂次は、そんなことはねえだろう、と小声で言い添えた。

「それがさ、どうしたわけか知らないけど、甚十郎さんが強く出てね。ただ同然で、買い取ったらしいんだよ」

大年増の顔に不興そうな色があった。奉公人の分際で、店を手に入れた甚十郎に妬《ねた》みを感じたのかもしれない。

茂次は、なぜ甚十郎が主人の三崎屋に強く出たのか訊いてみたが、大年増もそこまでは知らないらしく、弱みでも握られたんじゃァないかい、と言っただけだった。

「ところで、姐さん、滝造ってえ男を知ってやすかい」

茂次が声をあらためて訊いた。

荒砥による包丁の錆落としを終え、茂次は仕上げの研ぎにかかっていたが、砥石の手をとめていた。話の都合で、研ぎ上げるのを遅らそうとしたのである。

「滝造……」

大年増の顔に、嫌悪とも怯《おび》えともつかぬような表情が浮いた。

「体のでけえやつでね。一ノ鳥居のそばで、肩がぶっつかったと因縁をつけられてひでえ目に遭ったのよ」

茂次はもっともらしく作り話をした。一ノ鳥居は、富ケ岡八幡宮の門前通りにある鳥居である。

「あいつと、かかわりあいにならない方がいいよ。ひどいやつなんだから」

大年増が、首をすくめて身震いした。

「そういやァ、滝造も升田屋に出入りしてると聞いたな」

茂次は、滝造と升田屋のかかわりを聞き出すためにさらに水をむけた。

「そうなんだよ。詳しいことは知らないけどね。滝造が甚十郎さんといっしょに、三崎屋さんを脅したというひともいるんだよ」

大年増が顔をしかめて言った。

「そうか、甚十郎はやくざ者とつるんで、升田屋を脅し取ったんだな」

短絡的な結論だが、的を射ているかもしれない、と茂次は思った。

「いろいろあったんだろうけど、滝造が一枚絡んでいるのは、まちがいないね」

大年増が断定するように言った。

「滝造の仲間に常三郎ってえ、やつはいねえかい。そいつも、ひでえやつだと聞いてるんだがな」

さらに、茂次が水をむけた。

「常三郎も升田屋に出入りしてる男でね。滝造と同じ穴の貉《むじな》だよ」

「やっぱりそうか」

そう言って、茂次は研ぎ桶から手で水をすくって研ぎかけの包丁に垂らし、指先で包丁の汚れを洗うと、銀色にかがやく地肌があらわれた。

大年増は包丁に目をやり、綺麗に研げたじゃないか、と顔をほころばせて言った。

「姐さんの肌みてえに、ひかってやすぜ。もうすこし磨きやすから……。もっとも、磨き過ぎて、旦那が包丁を抱いて寝るなんて言いだして、姐さんに恨まれるといけねえなァ」

「何いってるんだい、包丁を抱いて寝るわけがないだろう」

大年増は顔を赤らめながら声を大きくした。

「それもそうだ。包丁を抱いて寝たら、男のでえじな物がちょん切れちまうからな」

「やだね、この人は」

大年増はけたたましい笑い声を上げ、茂次の膝頭を掌《てのひら》でたたいた。茂次の調子に嵌《は》まったらしく、長屋の女房連中と噂話をしているような態度である。

茂次は大年増の笑いが収まったところで、

「升田屋には、深田と河上ってえ、うろんな牢人が出入りしてるそうじゃァないか」

と、さらに水をむけた。

「名は知らないけど、牢人者も出入りしてると聞いたことがあるよ。……それにしても、おまえさん、やけにくわしいね」

大年増の顔に、疑念の色が浮いた。茂次が、いろいろ訊くので、ただの研師ではないと思ったのかもしれない。

「なに、こういう商売をしてると、いろんなことが耳に入ってくるのよ」

茂次は潮時だと思った。これ以上訊くと、襤褸《ぼろ》が出る。

「姐さん、研ぎ上がりやしたぜ」

茂次は、十五文、いただきやす、と言って、包丁を差し出した。

三

その夜、源九郎の部屋に茂次と孫六が顔を出した。すでに、四ッ（午後十時）ごろで、長屋は寝静まっていた。戸口から洩《も》れてくる灯もなく、ひっそりと夜の帳《とばり》に沈んでいる。滝造たちに気付かれぬよう、長屋が寝静まってから、ふたりは姿を見せたのである。

菅井と三太郎は来なかった。五人もで集まると、滝造たちに気付かれる恐れがあったからだ。集まった三人で話したことは、茂次と孫六がそれとなく菅井と三太郎に伝えることになっていた。

それに、菅井の傷はだいぶ癒《い》えてきたが、まだ無理はできなかった。

「旦那、滝造たちは気付いちゃァいませんぜ」

孫六が声をひそめて言った。

夜陰のなかで、三人の男の目がうすくひかっている。源九郎は部屋の行灯《あんどん》に火をともさなかった。明りは障子から洩れて、住人が起きていることを知らせるようなものだからである。ただ、月光が腰高障子に映えてかすかに人影は識別できたので、話をするだけなら明りはなくとも差し障りなかった。

「まず、茂次から話してくれ」

源九郎が小声で言った。

「へい、滝造たちの様子がだいぶ知れてきやした」

茂次はそう前置きし、甚十郎が升田屋を三崎屋から脅し取ったことや、その脅しに滝造や常三郎がくわわったことなどを話した。

「深田と河上のことは何か分からんか」

「はっきりしやせんが、深田と河上も升田屋に出入りしていたようなんで」

茂次が低い声で言った。

「すると、甚十郎が一味の黒幕かもしれんな」

源九郎はそう言ったが、いまひとつ腑に落ちなかった。はたして、番頭だった甚十郎が、主人の東五郎を脅して、切り盛りをまかされている店を奪うようなことができるものだろうか。そこに、無理があるような気がしたのである。さらに、黒幕が甚十郎にしろ別人にしろ、なぜ滝造たちをはぐれ長屋に送り込んで住人たちを追い出そうとしているのか、その点がまったく分からなかった。

「孫六はどうだ」

源九郎は孫六に訊いた。

「へい、滝造ですがね。深川の八幡さま界隈《かいわい》で顔を売っていた地まわりらしいんで」

そう言って、孫六は栄造から聞いたことをかいつまんで話した。

「すると、滝造の親分が甚十郎かな」

源九郎が訊いた。

「それはねえ。滝造の親分は賭場をひらいているということだし、栄造も名を知らねえんで。……表に顔を出さねえ親分で、かなりの大物とみてやすがね」

孫六が重いひびきのある声で言った。腕利きの岡っ引きを思わせる物言いである。

「そいつも、今度の件に何かかかわっていそうだな」

「あっしも、そう睨《にら》んでいやす」

「その男の正体が知りたいな」

源九郎は、その男が甚十郎ともかかわりがあるような気がした。

「あっしが、探ってみやすよ」

茂次が、脇から口をはさんだ。

「ところで、長屋にいる滝造たちだが、ちかごろおとなしいようだな」

長屋の住人との揉《も》め事がないので、源九郎はほっとしていたのだ。

「その滝造たちのことで、気になることをおみよから聞きやしてね。そのことも旦那の耳に入れておきてえと思ってたんでさァ」

孫六が源九郎に顔をむけて言った。闇のなかに、孫六の丸い目が浮き上がったように見えていた。

「何かあったのか」

「まだ、なにもねえが、これから起こるかもしれねえ」

「どういうことだ」

源九郎が身を乗り出すようにして訊いた。

「おみよの言うことには、昨日、大家の伝兵衛さんが、滝造と言い争っていたようなんで」

「滝造が、大家に因縁でもつけたかな」

「それが、おみよの話だと、滝造が伝兵衛さんに、長屋の差配はおれがやることになったから、おめえは早く出ていってくれ、と言ったそうなんで」

「な、なに！」

思わず、源九郎が声を上げた。

茂次も驚いたように息を呑んでいる。

「あっしには、滝造が口から出任せを言ったとは思えねえんで」

暗がりのなかで、孫六が顔をしかめたのが分かった。

「滝造が大家になったら、どうにもならんぞ」

滝造たちが、大家まで追い出すつもりでいるとは思ってもいなかった。大家を追い出して滝造が大家に収まったら、どういうことになるか。やりたい放題だろう。源九郎たちがどう足掻《あが》いても、住人の流出はとまらないはずだ。そうなったら、長屋に残るのは滝造たちだけになるだろう。

だが、三崎屋の東五郎が伝兵衛をやめさせて、ならず者の滝造を大家にするだろうか。源九郎のような素人でも、滝造が長屋の差配などできないことは分かる。

源九郎がそのことを口にすると、

「滝造たちは、東五郎に脅しをかけてるのかもしれねえ。そうだとすりゃァ、無理やり大家を代えさせることだってやりやすぜ」

「うむ……」

ありうると源九郎は思った。そもそも滝造たちが長屋に住むようになったことからして、東五郎に無理強いした疑いがあるのだ。

「旦那、そうなったら手遅れですぜ。早く手を打たねえと、滝造たちの思いのままになっちまう」

茂次が、上擦《うわず》ったような声で言った。

「そうだな」

時間をかけて三崎屋や升田屋を探っている余裕はなさそうである。

「こうなったら、あっしらで滝造たちの寝込みを襲って、始末しちまいやすか」

茂次が言った。

「そんなことをすれば、わしらが町方に追われる身になるぞ。いかなるわけがあろうと、長屋で四人も殺せば、お上も黙っているわけにはいかなくなるからな。だからこそ、滝造たちも、軽はずみにわしらを襲ったりしないのだ」

源九郎がそう言うと、孫六《やや》が、

「茂次は短気でいけねえ。殺るときは、どうにもならなくなった最後のときだ。それも、あっしらが殺ったとばれねえようにな」

孫六が渋い声で言った。

「旦那やとっつァんの言うとおりだ」

茂次も、長屋で滝造たちを始末するのは無理だと思ったようだ。

「いずれにしろ、明日にも、伝兵衛さんに会ってみよう」

はたして、大家を滝造たちと代わらねばならないのか。単に脅されているだけなら、伝兵衛の代わりに滝造たちと談判してやってもいい、と源九郎は思った。

その夜、茂次と孫六は、今後も三崎屋と升田屋の周辺で聞き込みをつづけ、滝造たちの狙いを探ることを確認してそれぞれの家へ帰った。いまは、それしか手がなかったのである。

四

翌朝、朝めしを食い終えるとすぐに、源九郎は大家の許に足を運んだ。戸口に姿を見せた女房のお徳が、源九郎を居間に招じ入れてくれた。障子がしめきってあり、居間はうす暗かった。その薄暗い居間に、伝兵衛はひとりぽつねんと座っていた。顔に屈託の色がある。

「こ、これは、華町どの」

伝兵衛は源九郎の姿を見ると、驚いたような顔をした。

「長屋で妙な噂を耳にしたものでね」

対座すると、源九郎は穏やかな声で言った。

「噂と言いますと」

伝兵衛の視線が揺れていた。かなり狼狽《ろうばい》しているようである。

「何ですか、大家を代わられるとか」

源九郎は声を落として訊いた。

「まァ、そういうことに……」

伝兵衛の顔がゆがんだ。面長の顔が苦悶《くもん》の表情を刻んでいる。やはり、ただの噂ではなかったようだ。

「滝造が代わって大家になるそうだが、あの男に長屋の差配は無理ですよ。三崎屋さんは、どういうつもりなんです」

「わ、わたしには何とも……。三崎屋さんに代われと言われれば、どうにもなりませんもので」

伝兵衛の声は震えていた。唐突な話で、伝兵衛自身も困惑しているようである。

「東五郎さんが、そう言ってるのかな」

「はい、一昨日、三崎屋さんに会ったのですが、本人にそう言われましてね。どうにもならないんです」

伝兵衛によると、東五郎は、急で悪いが大家を滝造に代わってくれ、と言ったそうである。

「どうして、代われと言ってるんです」

源九郎は、それなりの理由があるはずだと思った。

「三崎屋さんに、わけは言えないが、それしか手はないので何とか頼むと頭を下げられましてね、あたしには、それ以上訊くことはできませんでした」

伝兵衛が悲痛な声で言った。

「三崎屋さんにも、滝造に大家は務まらないことは分かりそうなものだがな」

どうやら、三崎屋には滝造の要求を飲まざるを得ない理由がありそうだ。弱みでも握られているのかもしれない。

「わたしも、そう思いますが、なにせ、三崎屋さんが所有している長屋ですから。あたしには何とも言えないんです。あたしも、急にここを出ていくことになって、どうしていいか途方に暮れてるんです」

伝兵衛の声が泣き声になった。

「うむ……」

源九郎は言葉につまった。伝兵衛も長屋の住人と同様、追いつめられているのである。

いっとき、源九郎は口をつぐんで虚空を睨むように見すえていたが、

「それで、滝造たちに、いつまでにここを出ていくように言われてるのだ」

と、小声で訊いた。

「十日ほどの間に、出てくれと」

「うむ……」

十日の間に何か手を打たねばと思ったが、その間に滝造たちを始末するのはむずかしいだろう。

「それに、長屋の差配は、明日から滝造がやると言ってましたよ」

「なに……」

手が早い、と源九郎は思った。同時に、滝造たちは長屋の住人にこれまでとは別な手を打ってくるのではないか、との思いが胸をよぎった。

「それで、滝造は長屋の差配のことで何か言ってなかったか」

源九郎が訊いた。

「おれのやり方を見てろ、と笑いながら言ってましたが」

伝兵衛が戸惑うような顔で言った。

「困ったことになったな」

「困ったことになりました」

ふたりは次の言葉が出ず、膝先に視線を落としたまま口をつぐんでいた。

それから、源九郎はいっときして腰を上げた。それ以上、伝兵衛と話してもどうにもならなかったのである。

三日後、滝造が口にしていた、おれのやり方の一端が明らかになった。それは、店賃《たなちん》の値上げだった。

滝造と常三郎が、店賃を月六百文にすると、長屋をまわって触れ歩いたのだ。これまで、伝兵衛長屋の店賃は月四百五十文だった。通常、伝兵衛長屋と同程度の棟割り長屋は月五百文ほどだったので、これまでは割安だった。古い長屋で、店賃を安くしないと住人が集まらなかったからである。それを、月六百文に値上げするというのだ。他の棟割り長屋より、百文も高いことになる。

長屋は大騒ぎになった。そうでなくとも、滝造たちの横暴ぶりに困っていた住人たちは、これ以上伝兵衛長屋には住めないとの思いを強くしたのである。

ただ、長屋の連中も滝造たちの言い分を、すんなりと受け入れたわけではなかった。又八、辰次、助造、それに茂次と三太郎など、長屋の男たちが連れだって滝造たちとの談判に出向いたのである。

だが、滝造たちは長屋の住人たちの要求を突《つ》っ撥《ぱ》ねた。そして、気に入らねえなら、長屋を出ていきな、おれたちは、長屋に居てくれなどと頼んじゃァいねえぜ、とうそぶいたのである。

茂次と三太郎から話を聞いた源九郎は、

「どうにもならんな」

と力なく、つぶやいた。

滝造たちの狙いは、長屋のやり繰りをうまくやろうというのではないのだ。長屋の住人を追い出したいのである。

「だ、旦那、これじゃァ、みんな長屋を出てっちまいやすぜ」

茂次が声をつまらせて言った。めずらしく、茂次の顔が困惑と狼狽にゆがんでいる。

「それが、滝造たちの狙いだ」

源九郎がけわしい顔で言った。源九郎の顔にも、追いつめられた焦りの色がある。

「旦那、早く手を打たねえと、おれたちの長屋は滝造たちに乗っ取られちまう」

さらに、茂次が言った。

「分かっているが、どうにもならぬ」

ともかく、なぜ滝造たちが長屋の住人を追い出そうとしているのか、理由をつきとめるのが先である。敵は巨大であり、かりに滝造たち四人を始末したとしても、解決できないだろう、と源九郎はみていたのである。

五

腰高障子のむこうで、かすかな下駄の音がした。ひとりではない。数人の足音である。足音を忍ばせて近付いてくる。

すでに、五ッ（午後八時）を過ぎていた。源九郎はそろそろ寝ようかと思い、夜具を枕屏風の陰からひっぱり出していたときだった。

源九郎は慌てて夜具を枕屏風の陰に押しやり、腰高障子のむこうの気配をうかがった。

足音は戸口でとまった。障子のむこうで、かすかな話し声が聞こえた。だれの声か分からなかったが、女たちの声らしい。

そのとき、そろそろと腰高障子があいた。部屋の隅にあった行灯の淡いひかりのなかに浮かび上がった顔の主は、お熊だった。後ろに、おとよ、おまつ、お妙の顔がある。いずれも、思いつめたようなこわばった顔をしていた。

「旦那、入りますよ」

お熊が小声で言った。

「入ってくれ」

源九郎が言うと、女たちは無言のまま土間へ入ってきた。そして、後ろ手に障子をしめると、息をつめて源九郎を見つめている。

「どうしたんだ」

源九郎は上がり框《がまち》のそばに身を寄せた。

「だ、旦那、長屋を出てくのかい」

ふいに、お熊が喉のつまったような声で訊いた。女たちの目が、何か訴えるように源九郎にむけられている。

「まァ、その、いい長屋があればの話だが……」

源九郎は女たちに見つめられて、言葉につまった。

「薄情じゃないか、あたしたちを見捨てて出ていくなんて」

お熊が涙声で言った。

「こ、これには、わけがあってな」

お熊たちは、源九郎に長屋にとどまってくれるよう頼みに来たようである。源九郎の口から、滝造たちを欺くために仕組んだ芝居だ、と出かかったが、まだ打ち明けるのは早いと思った。

「旦那、長屋にいておくれよ。滝造たちを、このままのさばらせておいたら、長屋にだれもいなくなっちまうよ」

お熊が言うと、おとよたちが、そうだよ、滝造たちを何とかしておくれよ、と声をそろえて訴えた。

「このままにはせぬが、すぐというわけには……」

源九郎は、歯切れが悪かった。店子《たなこ》である源九郎たちが、大家の滝造を追い出すのは容易なことではない。

「旦那も知ってると思うけど、滝造は店賃を六百文に引き上げると言い出したんだよ。このぼろ長屋で、六百文なんて、だれがみても高すぎるよ」

お熊がそう言うと、そうだ、そうだ、と女房たちが声を合わせた。

「わしもそう思う」

源九郎も同感だった。相場を無視した店賃である。

「みんな、この長屋には住めないと言ってるよ。あたしたちだって、六百文じゃァ住めないもの」

「うむ……」

当然、そう思うだろう。

「でも、あたしら、この長屋が好きなんだよ。何とか、前のように四百五十文にならないかね」

お熊がそう言うと、

「店賃もそうだけど、滝造たちに出ていってもらいたいんだよ」

と、おとよが言い添えた。おまつとお妙が、うなずいている。

「わしも、長屋は気に入っている」

源九郎はつい本音を洩らした。

「長屋が気に入ってるなら、出ていくなんて言わないで、何とかしておくれよ。あたしら、旦那たちだけが頼りなんだから」

お熊が源九郎の鼻先まで近付いて言った。

源九郎は、これ以上お熊たちに背をむけているのは心苦しかったし、ここにいる四人だけなら話してもいいだろうという気になった。

「分かった。何とかするが、すぐにというわけにはいかんぞ。しばらくは辛抱してもらわんとな」

「いつまで、辛抱すればいいんだい」

「はっきりしたことは分からぬが、まァ、三月《みつき》かな」

当てがあったわけではない。三月もすれば、滝造たちの魂胆も見えてくるはずだと思っただけである。

「三月もかい。長いねえ」

お熊が不安そうな顔で言った。

「それに、長屋の者たちに、わしらが何とかするなどとは、口が裂けても言わんでくれ。そのことが滝造たちに知れれば、すべてが水の泡だぞ」

源九郎は語気を強めて言った。

源九郎たちが滝造たちに逆らうつもりでいることが知れれば、すぐにも源九郎たちを長屋から追い出しにかかるだろう。下手をすれば、源九郎たちの命を狙ってくるかもしれない。敵には、深田と河上にくわえ、正体の知れぬ遣い手がいるのだ。まともにやり合ったら、源九郎たちが返り討ちに遭うだろう。

「それじゃァ、長屋の者はみんな出てっちまうよ」

お熊が泣きだしそうな声で言った。

「お熊たち四人でな、長屋の女房連中に話せぬか、滝造たちがこのまま居座るはずはないから、もうすこし辛抱して長屋にいよう、とな」

「旦那たちのことは言わずにかい」

お熊が不安そうな顔で言った。他の女房たちも、戸惑うような表情を浮かべている。

「そうだ。滝造たちは、店賃を上げて稼ぎたいわけじゃァないんだ。そうだろう、長屋の住人がいなくなったら、店賃はまったく入ってこなくなるのだぞ」

「それじゃァ、どうして、滝造は店賃を上げたのさ」

お熊が訊いた。

「わしがみたところ、いったん長屋の者を追い出してだな、二階屋の長屋でも建てて金回りのいい店子を集め、金儲けをしようとしているか、まったく別の店を建てようとしているかだな」

滝造たちは、何か別の金儲けをするためにはぐれ長屋を取り壊そうとしているのではないか、と源九郎はみていた。そのためには、まず長屋の住人を追い出さねばならないのだ。

「あんなやつに、勝手なことさせないよ」

お熊が怒りの色を浮かべて言った。

「長屋を出ていったら、うまいこと滝造たちの手に乗せられたことになるんだ」

源九郎が言った。

「あたしは、長屋を出ないよ。滝造なんかに、負けるもんか」

お熊が目を剝《む》いて言うと、

「あたしだって」

と、おとよが声を上げ、あたしも、あたしも、とおまつとお妙が言い出した。

「だからな、滝造たちに知れぬよう、長屋の女房たちに、長屋を出ないように言うんだ」

源九郎が諭すように言った。

「分かったよ」

お熊たち四人は顔を見合わせてうなずき合った。

六

……暑いな、なんだって、こうジリジリ照りつけやがるんだ。

孫六は首筋をつたう汗をぬぐいながら、胸の内で毒づいていた。

風のない炎天下だった。夏の強い陽射しが頭上から照りつけている。孫六は喘《あえ》ぎながら、海辺大工町の小名木川沿いの道を歩いていた。一昨日、三崎屋に出入りしている大工の棟梁《とうりよう》から、小名木川にかかる高橋近くの長屋に、つい最近まで三崎屋で下働きをしていた梅七《うめしち》という老爺が住んでいると聞いて来てみたのである。

棟梁は長屋の名まで知らなかったので、孫六は高橋近くにある長屋をまわり、梅七という男を探したが、なかなか見つからなかった。

……まったく、なんてえ暑さだ。……若《わけ》えころは、夏の暑い盛りに歩きまわっても、屁《へ》とも思わなかったが、歳にゃァ勝てねえ。

ぶつぶつ言いながら、路地を歩いていると、長屋の出入り口になっている路地木戸が見えた。

木戸の脇に下駄屋がある。店先に駒下駄、日和《ひより》下駄、綺麗な鼻緒をつけたぽっくりなどが並んでいた。

孫六が店に入ると、土間の先の板敷きの間で下駄の台木を削っていた主人らしい男が、鉋《かんな》を脇に置いて立ち上がった。客と思ったのかもしれない。

「すまねえ、ちょっと訊きてえことがあってな」

孫六がそう言うと、男は途端に不機嫌そうな顔になった。

「なんです」

男は膝に付いた木屑を落としながら無愛想に言った。

「そこの長屋に梅七という男は、いねえかい」

「梅七ですか」

男は素っ気なく言うと、大きく腕をまわした。凝《こ》った肩をほぐしたようである。

「三崎屋で下働きをしてた男だ」

「いますよ。長屋に行ってみたらどうです」

男は大きな欠伸《あくび》をして、台木を削っていた場所へもどった。

すぐに、孫六は下駄屋を出た。梅七がいることが分かれば、男から訊くことはなかったのだ。

路地木戸をくぐると、突き当たりに井戸があった。長屋の女房たちが三人、井戸端にかがんで洗濯をしていた。

孫六が四十がらみと思われる太り肉《じし》の女に梅七の家を訊くと、北側の棟のふたつ目だと教えてくれた。

「梅七はいるかな」

孫六が訊いた。いなければ、家だけ確認して出直すつもりだった。

「いるはずだよ。ここに来るとき家の前を通ったら、梅七さんの声が聞こえたからね」

別の、小柄な女が盥《たらい》に手をつっ込んだまま言った。

「ちょいと、覗いてみよう」

孫六は女房たちに礼を言って、その場を離れた。

教えられた家の戸口から声をかけて腰高障子をあけると、座敷の奥にいた男が腰を上げて近寄ってきた。丸顔で皺《しわ》が多い。白髪のちいさな髷《まげ》が頭頂にちょこんと載っていた。すでに、還暦を過ぎているかもしれない。

「梅七さんかい」

孫六が訊いた。

「そうだが、おめえさんは」

梅七の顔に警戒の色がある。突然、見ず知らずの男が訪ねてくれば、警戒して当然だろう。

「おめえは知るめえが、諏訪町の栄造親分とかかわりのある孫六てえ者だ」

孫六は、栄造の手先であることを匂わせた。手先にしては年寄りだが、お上の御用で来たことを信じさせればいいのである。

「それで、あっしに何か」

梅七の顔に不安そうな表情が浮いた。

「家にいるのは、おめえだけかい」

「へえ、倅は稼ぎで出ていやす」

梅七によると、倅はぼてふりで朝から魚を売り歩いているという。また、倅の女房は近くの親戚の法事とかで、子供を連れて出かけていた。

「おめえ、三崎屋で下働きをしてたそうだな」

「へい、ですが、半月ほど前に暇《めえ》をもらいやした。この歳になりやすと、体がいうことを利かねえもんで」

梅七は苦笑いを浮かべたが、顔には寂しげな表情があった。隠居はいいが、倅夫婦の世話になっていることが心苦しいのかもしれない。孫六も同じような境遇だったので、梅七の胸の内が推測できたのである。

ただ、年寄り同士で慰めあっているわけにはいかなかった。孫六たちは、住み慣れたはぐれ長屋を追い出される瀬戸際に立っているのである。

「おめえ、相生町の伝兵衛長屋を知ってるな」

孫六は上がり框に腰を下ろして訊いた。家にいるのは梅七だけらしいので、気兼ねなく話が聞けそうである。

「へえ」

「三崎屋のあるじの東五郎だが、伝兵衛長屋のことで何か言ってなかったか」

「そういやァ、伝兵衛長屋は手放すより他にねえ、と言ってやしたが……。それで、孫六さんは伝兵衛長屋と何かかかわりがあるんですかい」

梅七が孫六の胸の内を覗《のぞ》くような目をした。

「かかわりなんざァねえ。お上の御用だよ。……それで、どういうわけで、伝兵衛長屋を手放すんでえ？　三崎屋の商売が傾いているようには見えねえぜ」

「あっしには、分からねえ。旦那が、ご新造さんに話しているのを小耳に挟んだだけだからよ」

梅七は、目をしょぼしょぼさせながら言った。

「黒江町の升田屋も手放したそうだな」

そのことは、茂次から聞いていた。

「いろいろと、知ってやすね」

梅七が、驚いたような顔をした。

「お上の御用をおおせつかってると言ったろう。その気になりゃァ、わけねえのよ。……そんなことより、升田屋はどうして手放すことになったんだ」

孫六は声を大きくした。

「くわしいことは知らねえが、旦那は甚十郎さんに騙《だま》されたって言ってやしたぜ」

甚十郎は升田屋のあるじで、三崎屋の番頭だった男である。

「どう、騙されたんでえ？」

「あっしも、そこまでは知らねえ。旦那が、ご新造さんに話しているのを聞いただけなんでね」

「いずれにしろ、升田屋につづいて伝兵衛長屋も手放す羽目になったってことだな」

孫六は、東五郎の身に何か難事が起こったのだろうと思った。何が起こったか分からないが、滝造や深田たちがかかわっていることだけは確かである。

「梅七、三崎屋にうろんな牢人が来たことがあるな」

孫六は、深田か河上が東五郎にはぐれ長屋を手放すように迫ったのかもしれないと思った。ふたりが首謀者とは思えないが、脅し役にはもってこいの男たちである。

「へい」

「そいつの名は」

「名までは、分からねえ」

「ひとりで来たわけじゃァねえだろう」

「へい、大店の旦那らしい男といっしょでした」

「そいつの名が分かるか」

「分からねえ」

梅七は、大きく首を横に振った。

「どんな男だった」

「年の頃は四十半ば、痩《や》せて背の高《たけ》えやつでしたぜ。そうそう、一度若《わか》い衆《し》を連れてきたことがありやして、そいつが親分と呼んでやしたぜ」

「親分だと！」

思わず、孫六の声が大きくなった。

「親分たって、御用聞きのようには見えませんでしたぜ」

梅七は、孫六の顔を見ながら口元にうす笑いを浮かべた。

「そんなこたァ、分かってるよ」

孫六の脳裏に、栄造から聞いた深川界隈を縄張にし、表には顔を出さないという親分のことがよぎったのである。

それから小半刻（三十分）ほど、孫六は梅七に親分のことや三崎屋のことで訊いてみたが、探索に役に立つような話は聞けなかった。

「梅七、伝兵衛長屋のちかくに来ることがあったら訪ねてきな。おめえとは、馬が合いそうだ」

そう言い置いて、孫六は腰を上げた。

梅七は、上がり框ちかくに腰を下ろしたままきょとんとした顔をして孫六を見送った。

七

浜乃屋の暖簾はまだ出ていなかった。昼を過ぎたばかりなので、まだ店開きまでには、間があるのだろう。

源九郎が戸口の格子戸に耳を寄せると、かすかに水を使う音が聞こえた。お吟が店開きの支度をしているようである。

源九郎が格子戸をあけて板場に声をかけると、片襷に前だれ姿のお吟が顔を出した。

「あら、旦那、こんなに早く来てくれて、嬉しい」

お吟は、濡れた手を前だれで拭きながら源九郎のそばに身を寄せてきた。

「い、いや、飲みに来たわけではないのだ。何か、三崎屋のことで分かったことがあったかと思ってな」

源九郎は、黒江町へ行くつもりではぐれ長屋を出て来たのである。それというのも、昨日、孫六から三崎屋にうろんな牢人といっしょに姿を見せた大店の旦那ふうの男は、親分と呼ばれている深川界隈を縄張にしている顔役らしいと聞いたからである。

源九郎は、土地の顔役なら升田屋ともかかわりがあるのではないかと推測し、一度升田屋を自分の目で見、ついでに付近で様子を訊いてみようと思い立ったのだ。そこで、黒江町に行く途中、浜乃屋に立ち寄ったのである。

源九郎が事情をかいつまんで話すと、

「なんだ、つまらない。せっかく、今日は旦那とゆっくり飲めると思ったのに」

お吟は、拗《す》ねたように頬をふくらませた。そうした仕草は、小料理屋を切り盛りしている女将というより、うら若い生娘のようである。それがまた、源九郎には可愛くてたまらないのだ。

「そう言うな。長屋の騒動が片付いたらな、三日でも四日でも、飲みに来るから」

源九郎は、追い込みの座敷の框に腰を下ろした。

「ほんと」

「ほんとだとも。……それで、どうだ。何か知れたか」

まだ、肝心なことを聞いていなかった。

「三日前に、三崎屋さんで船頭をしている信造《しんぞう》さんが飲みに来たのよ。それで、いろいろ訊いてみたんだけど」

お吟によると、信造は四十がらみの男で、浜乃屋にときおり飲みにくる客だという。

「それで」

源九郎は先をうながした。

「東五郎さんが店にこもっていると、話してたわよ」

そう言って、お吟は源九郎の脇に腰を下ろした。

お吟の白い首筋が、すぐ近くに見えた、肩先が触れ合うほど、身を寄せている。

「ああ」

源九郎は胸の昂《たかぶ》りを抑えながらうなずいた。

「信造さんが言うには、房次郎さんのせいじゃァないかって」

「房次郎は、東五郎の倅だったな」

「そう、信造さん、ここ二月《ふたつき》ほど房次郎さんの姿を店で見かけないらしいのよ」

「それで」

源九郎は先をうながした。

「どういうわけか、房次郎さんの姿を見かけなくなってから、東五郎さんも店の外へあまり出なくなったらしいの」

お吟が信造から聞いたことによると、房次郎の歳は二十二、三で、東五郎の一人息子だという。

あまやかして育てたせいか、房次郎は十七、八になると、よくない遊び仲間ができて、夜遅くまで飲み歩いたり、岡場所へ出かけたりするようになったという。房次郎の行く末を心配した東五郎は一年ほど前、倅を失ってもいいとまで肚《はら》をくくり、房次郎に素行が改まらなければ勘当するとまで言った。そのきつい意見が効いたのか、その後、房次郎はあまり出歩かなくなり、店の仕事もやるようになったそうだ。

「その房次郎を、二月ほどの間、店で見かけないというのだな」

「そうなの」

「うむ……」

房次郎の身に何かあったようだ、と源九郎は思った。

「房次郎が遊び歩いていたのは、富ケ岡八幡宮界隈ではないのか」

源九郎の脳裏に、親分と呼ばれている顔役のことがよぎった。

「さァ、そこまでは知らないけど」

お吟は首をひねった。

いずれにしろ、房次郎の遊び仲間を探して手繰《たぐ》れば、はっきりするだろう、と源九郎は思った。

「お吟、助かったぞ」

すこし大袈裟《おおげさ》だが、おまえのお蔭で伝兵衛長屋を守れるかもしれん、とまで源九郎は口にした。

「ほんとかい。あたしも、旦那の役に立てて嬉しいよ」

お吟は満足そうに顔をほころばせた。

源九郎は、お吟が淹《い》れてくれた茶で喉を潤しただけで浜乃屋を出た。黒江町へ行って、升田屋界隈で房次郎のことも訊いてみようと思ったのだ。

富ケ岡八幡宮の門前通りは賑わっていた。通り沿いは料理屋、茶屋、そば屋などが軒を連ね、老若男女の参詣客にくわえ岡場所目当ての遊客などが行き交っている。

升田屋はすぐに分かった。格子戸の入り口に、升田屋と染め抜かれた料理茶屋らしい暖簾がかかっていた。付近でも目を引く二階建ての大きな店で、すでに客がいるらしく二階の座敷からなまめかしい女の声や男の哄笑《こうしょう》などが聞こえてきた。

……はて、どうしたものか。

源九郎は、店の前まで来て通りの左右に目をやった。店に入って、女中から話を聞く手もあったが、料理茶屋で飲食できるほどの金はない。かといって、付近に話を聞けるような店もなかった。

源九郎が戸惑っていると、升田屋の格子戸があいて若い男がひとり出てきた。中背で丸顔。格子縞の単衣を裾高に尻《しり》っ端折《ぱしょ》りし、両脛をあらわにしていた。店の若い衆《し》らしい。

あの男に話を聞いてみようと思い、源九郎は慌てて男の後を追った。

「しばし、しばし」

源九郎が男の後ろから声をかけた。

「あっしのことですかい」

男は足をとめて振り返った。

怪訝な顔をしている。初老の人の良さそうな源九郎の姿を見て、人違いかと思ったのかもしれない。

「おぬしのことだ」

源九郎は男に身を寄せた。

「何か用ですかい」

「用というほどのことではないのだがな。おぬしに、ちと訊きたいことがあってな」

源九郎はふところから財布を取り出し、波銭《なみせん》を何枚か男のたもとに落としてやった。

「こりゃァどうも」

男が目尻を下げて、首をすくめた。男には思わぬ実入りだったろうが、源九郎の方は痛い出費だった。

「升田屋の者かな」

「へい、信助《しんすけ》といいやす」

「信助か。それで、升田屋にいる房次郎のことを知っているかな」

源九郎には房次郎が升田屋とかかわっているかどうか分からなかったが、鎌をかけてみたのだ。

「房次郎……。知らねえなァ」

信助はそう言ったが、顔にとぼけたような表情があった。

「材木問屋、三崎屋の倅なんだ。升田屋に出入りしてると聞いたんだがな。……実はわしの娘が、房次郎にほの字らしくてな。わしに様子を訊いてきてくれ、と言うものでな」

源九郎は適当に言いつくろった。

「ヘッへへ……。そういやァ、房次郎ってえ若いやつが店に来たことがあるが、ちかごろは見かけねえなァ」

「やはり、来たことがあるか。それで、房次郎はひとりで升田屋に来たのかな」

「いや、牢人といっしょだったな」

「その牢人だが、深田か河上ではないかな」

源九郎が訊いた。

「旦那、よくご存じで」

信助の顔に警戒の色が浮いた。源九郎を見る目に刺すようなひかりが宿っている。源九郎が深田と河上の名を出したことで、ただの鼠ではないと察知したのかもしれない。

「いや、娘から房次郎の知り合いに深田と河上という牢人がいると聞いたのでな」

源九郎は慌てて言ったが、信助の顔から警戒の色は消えなかった。ただ、これで房次郎が深田や河上といっしょに升田屋に来たことが知れた。

それから、源九郎が何を訊いても、知らねえ、の一点張りで、源九郎の問いがとぎれると、信助は、

「あっしは、急いでいやすんで」

と言い残し、逃げるように源九郎から離れていった。

そんな源九郎の様子を、升田屋の脇の路地に立って見つめている男がいた。三十がらみ、丸顔で細い目をしていた。何度か、源九郎を尾《つ》けまわした町人体の男である。

それから、源九郎は路傍に立って升田屋から出てくる客をつかまえて、升田屋の主人の甚十郎や房次郎のことなどを訊いたが、どの客も首をひねるばかりで役に立つようなことは何も聞き出せなかった。

そのうち、門前通りが淡い暮色に染まり、料理茶屋や女郎屋などに淫靡《いんび》な灯が点《とも》り始めた。源九郎は、今日のところはこれまでにしようと思い、本所の方へ歩きだした。

升田屋の脇にいた男は、すぐに源九郎の跡を尾け始めた。ひとりではなかった。もうひとり、牢人体の男が路地から出て、町人体の男の後ろについた。総髪で、着古した納戸《なんど》色の小袖に袴姿だった。面長で顎がとがり、鋭い双眸《そうぼう》が刺すようなひかりを宿している。菅井を襲った牢人である。

源九郎はふたりの尾行者には気付かず、足早に暮色に染まった町筋を歩いていく。

八

源九郎は大川端へ出た。すでに辺りは夜陰につつまれている。川沿いの通りにはぽつぽつと人影があったが、ひっそりとしていた。ただ、大川には軒先に提《ちょう》灯《ちん》をつるした夕涼みの屋形船や食べ物を売るうろうろ船などが行き来し、川面を華やかな彩りで染めていた。

源九郎は永代橋のたもとを過ぎて佐賀町を歩いていた。やがて、前方に仙台堀にかかる上ノ橋が見えてきた。

その橋のたもとに、たたずんでいる人影があった。手ぬぐいで頰っかむりしていて顔は見えなかったが、源九郎を尾けていた男である。男は源九郎が大川端に出たのを見ると、牢人とふたりで脇道をたどって先まわりしたのだ。

付近にひそんでいるのか、橋のたもとに牢人の姿はなかった。

……あやつ、わしを尾けていた男ではないか。

源九郎は気付いた。三崎屋に出かけたとき尾行していた男である。すこし前屈みの格好で立っている男の身辺に、藪《やぶ》にひそんで獲物を待つ獣のような雰囲気があった。

源九郎は足をとめなかった。相手は町人体の男ひとりである。どのような武器を持っているか知れぬが、後れを取るとは思えなかったのだ。

源九郎が橋のたもとに近付くと、男はゆっくりした足取りで前に出てきた。そして、源九郎と五間ほど間合を取って足をとめ、

「旦那、ちょいと待っておくんなさい」

と、くぐもった声で言った。頬っかむりした手ぬぐいの間から、底びかりする双眸が源九郎を見すえている。

「わしに、何か用か」

源九郎が訊いた。

「旦那に用があるのは、あっしだけじゃァねえんで」

町人体の男がそう言ったとき、岸辺ちかくの柳の樹陰から人影があらわれた。総髪の牢人で二刀を帯びている。

……こやつ、何者だ！

深田でも河上でもなかった。身辺に異様な殺気がただよっている。源九郎は、菅井を襲った牢人であろうと直感した。

「旦那、菅井の旦那から聞いてるでしょう。手に負える相手ではねえから、長屋を出て行くしかねえと」

町人体の男の口元に揶揄《やゆ》するような薄笑いが浮いている。

「やはり、菅井を襲ったふたりか」

源九郎は左手を鍔元《つばもと》に添え、鯉口を切った。ここはふたりと戦うしかないと思ったのである。

「おれたちの言うことを聞いて、長屋を出ると思ったのだがな。いつになっても、長屋に居座ったままだ。それに、ちかごろはやたらと歩きまわっているじゃァねえか」

町人体の男の低い声に、恫喝《どうかつ》するようなひびきがくわわった。

「おまえたちは何者だ」

源九郎が声を上げた。

「何者でもいい。……おれたちに逆らうなら、死んでもらうしかねえんだぜ」

言いざま、町人体の男がふところから匕首《あいくち》を抜いた。

同時に、牢人が源九郎の前にまわり込んで対峙した。間合は三間の余。牢人は、まだ両腕を垂らしたままだが、全身から殺気を放っている。

「おぬしの名は」

源九郎が牢人に誰何《すいか》した。

「名乗る気はない」

牢人は右手を刀の柄に添え、腰を沈めて抜刀体勢を取った。

「やむをえんな」

源九郎はゆっくりとした動作で刀を抜いた。

牢人も抜刀して青眼に構え、切っ先を源九郎の左眼につけた。

対する源九郎は青眼から刀身を引いて、八相に構えた。まず、敵の手の内を見ようとしたのである。

……遣い手だ！

源九郎は、背筋を冷たい物で撫《な》でられたような気がして全身が粟立《あわだ》った。

牢人の切っ先にそのまま突いてくるような威圧があった。しかも、牢人の体が遠ざかったように見えた。剣尖《けんせん》の威圧で、間合が遠く感じられる。菅井が後れを取るのも無理はない、と源九郎は思った。

それに、敵は対峙した牢人だけではなかった。左手にまわり込んできた町人体の男も侮れなかった。すこし前屈みの格好で、匕首を前に突き出すように構えている。身構えに緊張がなく、獲物に飛びかかる寸前の獣のような雰囲気があった。喧嘩慣れした男で、匕首の遣い方も巧みのようである。

源九郎は八相に構えたまますこしずつ後じさった。川岸を背にして、町人体の男の左手後方からの攻撃を避けようとしたのだ。

牢人は三間余の間合を保ったまま摺《す》り足でつめてくる。

源九郎の踵が、川岸に迫った。まだ三尺ほどの余裕があったが、源九郎は足をとめた。一歩下がれるだけの間を残したのである。

牢人はさらに間合をつめ、一足一刀の間境の手前で寄り身をとめた。そして、全身に気勢を込め、気魄《きはく》で攻め始めた。

対する源九郎も全身に気魄を込め、牢人の気攻めに対抗した。

ふたりの間で、激しい気の攻防がつづいた。痺《しび》れるような剣気がふたりをつつみ、時のとまったような静寂が辺りを支配している。

どれほどの時が過ぎたのか、ふたりの剣気が張り裂けるほどに高まってきた。

潮合だった。

フッ、と牢人の切っ先が沈んだ。刹那、牢人の全身から剣気が疾《はし》った。

次の瞬間、牢人の体が膨れ上がったように見えた。

イヤアッ！

裂帛《れっぱく》の気合と同時に閃光《せんこう》が疾り、牢人の体が躍動した。

青眼から真っ向へ。稲妻のような牢人の斬撃が源九郎を襲う。

瞬間、源九郎が反応した。半歩引きざま、八相から袈裟で斬り下ろしたのである。

二筋の閃光が合致し、キーン、という甲高い金属音がひびき、青火が散った。

ふたりの刀身がはじき合ったのである。

間髪を入れず、ふたりは左右に跳びざま二の太刀をふるった。

ほぼ同時に胴へ。ふたりの切っ先が相手の脇腹をかすめて流れた。ほぼ互角の太刀さばきである。

ふたりは間合を取ると、ふたたび青眼と八相に構え合った。

この間、町人体の男は動かなかった。いや、動けなかったのである。牢人と源九郎の動きが迅《はや》く、ついていけなかったのだ。

……長引いたら負ける。

と、源九郎は察知した。

激しい動きで胸の動悸《どうき》が大きくなっていた。吐く息も、弾むようになっている。源九郎の老体は、牢人の体力についていけなくなるだろう。その前に勝負を決せねばならぬ、と源九郎は思った。

つ、つ、と源九郎が間合をつめ始めた。息が上がる前に、勝負をつけようと思ったのである。

対峙した牢人は動かなかった。ピタリと切っ先を源九郎の左眼につけて、微動だにしない。牢人は源九郎が斬撃の間境を越えるのを待っているのだ。

源九郎の左足が斬撃の間境に迫ったとき、ふいに橋のたもとで、斬り合いだ！という男の叫び声が起こった。つづいて別の声で、辻斬りだ、番屋に知らせろ！と叫ぶ声が聞こえた。上ノ橋を何人かの男が渡ってきて、源九郎たちの斬り合いを目にしたらしい。

一瞬、牢人の顔がひき攣《つ》ったようにゆがんだ。そして、二、三歩後じさると、声のした方に目をやった。

源九郎も一歩下がって、橋のたもとに目をむけた。人影は四つ。いずれも半纏に股引姿だった。大工か、船頭のような格好である。仕事を終え、近くの飲み屋にでも行くつもりで出てきたのかもしれない。

四人の男は、さらに大声で叫んだ。その声を聞きつけたのか、遠方から走り寄る別の人影も見えた。

「華町、命拾いしたな」

牢人がくぐもった声で言った。その体から殺気が消えている。この場は引く気になったようだ。

左手にいた町人体の男が、

「今夜のところは見逃してやるが、近いうちに旦那の命はもらいやすぜ」

そう言って、構えていた匕首をふところに入れた。

牢人と町人体の男は反転すると、永代橋の方へ足早にむかった。

源九郎はその場につっ立ったまま、遠ざかっていくふたりの後ろ姿を見送っていた。

……強敵だ。

源九郎は胸の内でつぶやいた。牢人の剣の腕は、深田や河上より上であろう。いまの牢人が、一味の殺し役なのかもしれない。いずれにしろ、長屋の危機を救うために牢人との勝負は避けられないだろう、と源九郎は思った。

第四章　黒　幕

一

　茂次は細い路地の隅に腰を下ろしていた。そこは、小体《こてい》な居酒屋と小料理屋の間にある路地の入り口である。茂次の膝先には、商売用の道具の入った仕立て箱と水を張った研ぎ桶が置いてあった。

　その場から、半町ほど先に升田屋の店先が見えた。茂次は商売をしながら、升田屋を見張っていたのである。ただ、商売に適した場所ではなかった。路地の奥に長屋があったが、遠方なので研ぎを頼みにくる者はまれだったのだ。

　茂次は孫六や菅井とともに、源九郎から升田屋の信助のことや牢人と町人体の男に襲われたことなどを聞いていた。そのとき、孫六が、

「信助は、深川界隈《かいわい》を牛耳っている親分の手下《てか》かもしれねえ」

と言い出し、そんなら、信助を尾《つ》けてみようということになったのである。

その役を、茂次が買って出た。前から升田屋を探っていたし、研師《とぎし》の商売をつづけながら升田屋を見張ることができたからである。

茂次がこの場に腰を据えて升田屋を見張るようになって二日目だった。昨日、源九郎から聞いていた信助らしい男が店から出てきたが、店先で客らしい男と話していただけで店へもどってしまったのだ。

……なかなか、姿を見せねえな。

今日も、この場に腰を据えて二刻（四時間）ほどにもなるが、まだ信助は姿をあらわさなかった。

まだ、暮れ六ツ（午後六時）前だったが、陽は家並の先に沈み、茂次のいる路地に淡い夕闇が忍び寄っていた。

今日も無駄骨だったかな、と思い始めたとき、升田屋の格子戸があいて、男がふたり出てきた。

……信助だ！

ひとりは、格子縞の単衣《ひとえ》を裾高に尻《しり》っ端折《ぱしょ》りした若い男である。中背で丸顔。

源九郎から聞いていた信助にまちがいない。

もうひとりは、手ぬぐいで頰っかむりしていた。ずんぐりした体軀《たいく》で遠目にも、すばしっこそうに見えた。源九郎や菅井が見れば、牢人といっしょに襲った町人体の男だと気付いたはずだが、茂次はそこまでつなげて考えなかった。信助の仲間のひとりだろうと思っただけである。

茂次は手早く研ぎ桶の水を捨て、仕立て箱といっしょに風呂敷に包んで背負った。信助たちを尾けようと思ったのである。

信助たちは、富ヶ岡八幡宮の門前通りを大川の方へ歩いていく。まだ、門前通りは賑やかだった。参詣客はすくなくなったが、代わって岡場所や飲み屋などにくりだす男たちが増えてきたようだ。

茂次は人通りのなかを歩いていた。信助たちが振り返って、茂次の姿を目にとめても尾行者とは思わないだろう。風呂敷包みを背負って歩く茂次の姿は、仕事を終えた職人が家路にむかっているように見えたのだ。

信助たちは一ノ鳥居をくぐり、掘割にかかる八幡橋を渡った。そして、左手にまがると、細い路地へ入った。そこは、中島町《なかじまちょう》である。

……やつら、どこへ行く気だ。

信助たちは、小体な店や表長屋などがごてごてとつづく路地を足早に歩いていく。

中島町の路地へ入って数町歩いたとき、信助たちは下駄屋の脇で足をとめた。すでに、下駄屋は店仕舞いしていたが、軒下に下がっている下駄の看板でそれと分かったのである。

信助たちは、警戒するように通りの左右に目を配った後、下駄屋の脇の細い路地へ入っていった。

茂次は走った。ここでふたりを見失いたくなかったのである。下駄屋の脇から路地を覗《のぞ》くと、信助たちの後ろ姿が見えた。

路地は淡い夕闇につつまれていた。左右は長屋の板塀や商家の土蔵などが半町ほどつづき、その先に朽ちかけた茅屋《ぼうおく》や藪《やぶ》などがぼんやり見えた。人影はまったくなかった。

信助たちは、土蔵の先にあった板塀をめぐらせた家屋に入っていった。

茂次は路地の脇の叢《くさむら》のなかに背負っていた風呂敷包みを隠した。いざというとき、逃げる邪魔になるからである。

板塀のなかの家は仕舞屋《しもたや》で、こんな場所にと思われるほど敷地がひろく建物も大きかった。富裕な商人《あきんど》が、人目を忍んで住まわせた妾宅かもしれない。

茂次が板塀の陰に身を寄せると、潮騒の音が聞こえた。仕舞屋の前に笹藪があり、その先に江戸湊《えどみなと》の海原が茫漠とひろがっていた。まだ、西の空に残照があり、黒ずんだ海面に淡い朱の色を映している。

家のなかからかすかな物音と男の声が聞こえた。複数いるようだったが、何を話しているのかは聞き取れなかった。

いっとき、茂次は板塀に身を寄せていたが、路地へもどった。ここから先は明日だと思ったのである。

その日、茂次ははぐれ長屋へもどると、孫六の家へ顔を出した。信助たちが入った仕舞屋を探るために孫六の手を借りようと思ったのである。

茂次から話を聞いた孫六は、

「茂次、その家は賭場かもしれねえぜ」

と、即座に言った。長年岡っ引きとして生きてきた勘であろう。言われてみれば、茂次も賭場のような気がした。

翌日、茂次と孫六は午後になってからはぐれ長屋を出た。向かった先は中島町である。

仕舞屋へつづく路地の入り口にある下駄屋の脇まで来ると、茂次が、

「この先でさァ」

と指差して言った。路地を見ると、ちらほら人影があった。ぼてふりや近くの長屋に住む子供たちらしかった。

「まず、近くで聞き込んでみようじゃァねえか」

孫六が、そこが賭場なら直接あたるのは危険だと言い添えた。

ふたりは、一刻（二時間）ほどしたら、下駄屋の前にもどることを約して別れた。別々に動いた方が埒《らち》が明くのである。

茂次は通り沿いにある居酒屋や一膳めし屋など、賭場へ出入りする男たちが立ち寄りそうな店を選んで話を聞き、一刻ほどしてもどった。

下駄屋の脇に孫六の姿があった。先にもどったようだ。

「茂次、この先にそば屋があったな。腹ごしらえをしながら話そうじゃァねえか」

孫六が茂次の顔を見るなり言った。

「いいな」

茂次も腹がすいていたので、すぐに同意した。

二

「茂次、一杯《いっぺい》だけだよ」

孫六は目を細めて銚子を取った。

酒好きの孫六は、そば屋の追い込みの座敷に腰を落ち着けると、注文を聞きにきた小女にそばと酒を頼んだのだ。

小女が銚子と猪口《ちょく》を運んでくると、孫六はさっそく茂次に酒をついだ。

「とっつァんも、やってくれ」

茂次は、すぐに孫六の猪口にも酒をついでやった。

孫六はうまそうに酒を飲み干した後、手酌でつぎながら、

「それで、何かつかんだかい」

と、茂次に訊《き》いた。

「あの家は、お繁《しげ》という囲われ女が住んでるらしいぜ」

そう前置きして、茂次は路地沿いで聞き込んだことを小声で話した。すこし離れた場所にいる客に聞こえないように気を使ったのである。

茂次によると、板塀で囲われた仕舞屋は妾宅で、旦那は牧右衛門《まきえもん》という料理茶

屋の主人ということだった。

「おれが話を聞いたなかに、牧右衛門が料理茶屋のあるじというのは世間体をごまかすための嘘で、博奕打《ばくち》ちの親分じゃァねえかと言う者がいたぜ」

茂次が、孫六の猪口に酒をついでやりながら言い添えた。

「おれも同じようなことを聞いたが、あの家は賭場だな。まちげえねえ」

孫六が声を低くして言った。陽に灼《や》けた顔に覇気があり、双眸《そうぼう》には岡っ引きらしいひかりが宿っていた。孫六は隠居の身だが、こうした場面では岡っ引きだったころの血が騒ぐのだろう。

「となると、牧右衛門が親分ということになりそうだな」

「そいつが、深川界隈を仕切っている親分と見ているがな」

孫六が錆《さび》のある声で言った。

「今度の件の黒幕か」

「そうなるな」

「てえことは、牧右衛門の塒《ねぐら》をつきとめて始末しちまえば、けりが付くわけだな」

そう言って、茂次が猪口に手を伸ばした。

「茂次、そう簡単にはいかねえぜ。まず、牧右衛門だが、そんな名の料理茶屋のあるじはどこを探してもいねえはずだよ」

相手は、栄造たち町方にも正体をつかませなかった闇の世界に棲む顔役である。

「別の名を使っているのか」

「まず、まちげえねえ」

「とっつァん、升田屋の甚十郎が牧右衛門じゃァあるめえな」

信助が牧右衛門の手先とすれば、甚十郎こそが牧右衛門で、一味の黒幕とも考えられるのだ。

「ちがうな。甚十郎も黒幕の仲間かも知れねえが、一味の頭じゃァねえ。甚十郎は表に出過ぎてるし、三崎屋の番頭だったこともはっきりしてるんだ」

「うむ……」

茂次は口をつぐんだ。

孫六も猪口を手にしたまま虚空を睨《にら》むように見すえている。ふたりは、いっとき黙り込んでいたが、

「それで、とっつァん、どうする。しばらく、賭場を見張るか」

茂次が訊いた。

「それもいいが、姿を見せねえ親分をつきとめるのは容易じゃァねえぜ。とりあえず、旦那たちに相談してみようじゃァねえか」

孫六は、源九郎と菅井の考えも聞いてみようと思ったのだ。

その夜、源九郎たちはひそかに亀楽に集まった。以前のように滝造たちに知られぬよう、夜になってから別々に長屋を出たのである。

亀楽の飯台に、五人の男が腰を下ろしていた。源九郎、菅井、孫六、茂次、三太郎である。この夜、亀楽のあるじの元造は源九郎たちのために店先の縄暖簾《なわのれん》をしまい、貸し切りにしてくれた。もっとも、源九郎たちが集まったとき、客はいなかったので、元造にしてみれば特別なはからいではなかったかもしれない。

菅井は傷が癒えたらしく、いまは酒も飲んでいる。刀も自在にふるえるらしい。

飯台の隅に置かれた裸蠟燭《はだかろうそく》のひかりが、源九郎たちの屈託のある顔を照らしていた。飯台には五人のために銚子と猪口が置かれていたが、手を出す者はすくなかった。酒好きの孫六だけが、ときおり猪口に手を伸ばしている。

まず、茂次が信助を尾行したことから中島町の仕舞屋が賭場らしいことを話

し、

「どうしますかい」

と、四人の仲間に視線をまわしながら訊いた。

「偽名かも知れぬが、その牧右衛門という男が一味の黒幕とみているのだな」

源九郎が訊くと、

「まず、まちげえねえ」

孫六が猪口を手にしたまま低い声で言った。すこし赤みを帯びた孫六の顔には、やり手の岡っ引きらしい凄《すご》みがあった。

「そいつの正体が知れれば、一味が長屋で何をしようとしているのかも見えてこような」

と、源九郎。

「どうだ、その賭場を見張って牧右衛門があらわれるのを待ち、捕らえるなり始末するなりしたら」

菅井がもっともらしい顔をして言った。

「旦那、それじゃァいつになるか分からねえ。まだそいつの顔も拝んでねえし、賭場へ姿を見せるかどうかも分からねえんですぜ」

孫六が渋い顔をした。

そのとき、孫六たちのやり取りを聞いていた三太郎が、

「でも、のんびりしちゃァいられませんよ。滝造たちが店賃《たなちん》の取り立てを始めました。このままじゃァ、長屋の住人はひとりもいなくなっちまう」

めずらしく三太郎が昂《たかぶ》った声で言った。青瓢簞《あおびょうたん》のような顔が赤みを帯びている。酒のせいではなく、興奮しているからであろう。

「三太郎の言うように、のんびり構えているわけにはいかんな」

滝造たちの取り立てもそうだが、源九郎と菅井を襲った牢人と町人体の男も気がかりだった。いつ命を狙って襲ってくるか知れないのだ。

「どうです、信助をたたいて口を割らせたら」

茂次が声を低くして言った。

「それも手だが……」

源九郎は語尾を濁した。信助は親分と呼ばれる黒幕の手下であっても三下であろう。はたして、信助が黒幕のことを知っているかどうか。源九郎が聞き出した程度のことしか知らないのではないかと思ったのである。

「華町、信助という男だが、甚十郎と賭場のかかわりは知っているかもしれん

ぞ。それに、賭場に出入りする者たちのこともな」

菅井が言うと、

「あっしもそう思いやす。信助は升田屋と賭場に顔を出していやすから」

と、茂次が言い足した。

「よし、信助を捕らえて口を割らせよう」

源九郎は、いまはそれしか手がないような気がした。それに、信助に房次郎のことをもう一度訊いてみたいとも思った。

三

はぐれ長屋を出た源九郎は、大川端を歩きながら何度も背後を振り返って見た。牢人と町人体の男が尾けてないか確認したのである。

この日、源九郎は張り終えた傘を抱えて長屋を出た。滝造たちに、できた傘を丸徳にとどけるように見せかけるためである。そして、持参した傘を丸徳に置いた後、大川端を深川、中島町へとむかった。すでに、茂次、孫六、三太郎の三人も、滝造たちに気付かれないように中島町へむかっているはずだった。

菅井は長屋にとどまっていた。滝造たちの動きを見るためもあったし、源九郎と菅井が、長屋を出ると滝造たちが警戒するからである。

……尾けられてはおらぬ。

源九郎はそれらしい男を目にしなかった。

八幡橋のたもとで、孫六が待っていた。橋のたもとで、孫六と待ち合わせることにしてあったのである。

「茂次たちはどうしたな」

源九郎が訊いた。

「先に来て、升田屋を見張っておりやす。信助が店から出てこねえことには勝負になりやせんからね」

「出てくるかな」

そのことが気がかりだった。升田屋へ踏み込んで、信助を引っ張り出すわけにはいかなかったのだ。

「なに、こっちには奥の手が用意してありやすから」

孫六が、そう言ってニヤリと笑った。

「奥の手とは?」

「三太郎でさァ」

孫六によると、顔を知られていない三太郎が升田屋へ行って、信助を呼び出す手筈になっているという。

「おい、そんなことができるのか」

「なに、むずかしいこっちゃァねえ。三太郎は、お梅さんに書いてもらった結び文を持ってやしてね。それを、信助に渡してくるだけなんでさァ」

その手紙には、女の名で、暮れ六ツ（午後六時）に、中島町にある正念寺《せいねんじ》の境内で逢いたい、とだけ記してあるという。

女を使って、信助を呼び出す策のようだ。

「信助の女の名を知っているのか」

「知りませんや。手紙には、お梅さんの名が書いてありやす」

「なに、お梅の」

「へい」

「お梅と信助は、何のかかわりもあるまい」

「なに、あの手の若いやつは、たいがい、女にもてると思ってやしてね。覚えのねえ女からの結び文でも、その気になりやすよ。まァ、見ててごらんなせえ。やろう、鼻の下を長くして出てきやすから」

孫六が、ニヤニヤしながら言った。

「お手並み拝見といこうか」

ここは、茂次と三太郎に任せよう、と源九郎は思った。

「そろそろ、正念寺へ行きやすかい」

孫六によると、正念寺は掘割沿いにあり、周辺は笹藪や空地などが多い寂しい地にある古刹《こさつ》だという。

源九郎と孫六は八幡橋のたもとを離れ、掘割沿いに江戸湊の方へ歩いた。いっとき小体な店や表長屋などのつづく通りを歩くと、しだいに町家がすくなくなり、笹藪や空地などが目立つようになってきた。

いつの間にか、陽は西の空に落ち、中島町の家並が残照を映じて淡い鴇《とき》色に染まっていた。風のなかに、潮の匂いがある。遠方に江戸湊の海原がひろがり、白い帆を張った廻船がゆっくりと大川を溯上《そじょう》していくのが見えた。

「旦那、あれが正念寺でさァ」

孫六が指差した。

見ると、松や欅《けやき》などのわずかな杜《もり》のなかに、寺の堂らしき甍《いらか》が見えた。寂しい地で周囲に笹藪や空地などがひろがっている。

細い参道の先に古い山門があった。その門をくぐると、正面に本堂がある。境内は閑寂として、人影はなかった。

「ここで、待ちやしょう」

孫六が山門の前に足をとめて言った。

源九郎が山門につづく石段に腰を下ろすと、孫六も脇へ腰を落とした。辺りはひっそりとしていた。杜の樹木の葉叢《はむら》を揺らす風の音と梢にいるらしい野鳥の囀《さえずり》りが聞こえてくる。

「来るかな」

源九郎が山門につづく細い参道へ目をやった。

「信助に手紙が渡れば、来るはずですがね」

孫六がそう言ったとき、山門に人影がふたつあらわれた。

茂次と三太郎である。ふたりは、小走りにこちらへ向かってくる。

ふたりが近付くと、源九郎が立ち上がり、

「どうした」

と、訊いた。孫六も立ち上がっている。

「手紙を信助に渡しやした」

三太郎が昂った声で言った。

「後は、待つだけだな」

と、孫六。

「身を隠した方がいいだろうな」

源九郎がそう言い、四人は山門の裏や参道の脇の松の樹陰などに身を隠した。

すでに暮れ六ッを過ぎていた。陽は沈み、辺りに淡い夕闇が忍び寄っている。

まだ、信助は姿をあらわさない。

源九郎の脇に身をかがめていた茂次が、遅《おせ》えな、と苛立《いらだ》ったような声でつぶやいたとき、参道の先に人影があらわれた。

「来た！」

茂次が声を殺して言った。

信助だった。信助は跳ねるような足取りで、山門の方へむかってくる。

四

「待ちな」

茂次が信助の前に飛び出した。

「な、なんだ、てめえは！」

信助が驚いたように目を剝《む》いた。

「おめえがふところに入れてる手紙のお梅ってえのは、おれの女房よ」

「な、なに……」

信助がさらに大きく目を剝いた。驚きと戸惑いが顔に張り付いている。茂次の言っていることが、まだ分からないようだ。

「おめえを呼び出したのは、お梅じゃァねえ。おれたちよ」

茂次がそう言ったとき、源九郎、孫六、三太郎の三人が物陰から走り出て、信助をとりかこんだ。

信助は顔をこわばらせて立ち竦《すく》んだが、源九郎の顔を見ると、

「おめえは、あんときの！」

と、声を上げた。源九郎の顔を覚えていたらしい。

「あのときは、訊きそこねたのでな。もう一度会って、じっくり話を聞かせてもらうことにしたのだ」

源九郎が信助を見すえて言った。その顔から人の良さそうな茫洋《ぼうよう》とした表情は消えていた。剣の遣い手らしいけわしさがある。

「こっちへこい」

源九郎たち四人は、信助を山門の裏手へ連れていった。門の前では、参道を通りかかった者の目に触れるからである。

「なんなんだ、おめえたちは！」

信助はまわりを取りかこんだ源九郎たちに、吼《ほ》えるような声で言った。

「伝兵衛長屋の者たちと言えば、分かるかな」

源九郎がそう言うと、信助の顔にハッとした表情が浮かんだ。どうやら、はぐれ長屋のことを知っているらしい。

「まず升田屋の甚十郎のことから訊こう。甚十郎はおまえの親分なのか」

源九郎の声はおだやかだった。

「親分なんかじゃァねえ。甚十郎の旦那は、おれのあるじだ。おれは、升田屋の若《わか》い衆《し》で、掃除から行灯《あんどん》の油差し、客に頼まれた使いっ走りまでなんでもするのよ」

信助が顎を突き出すようにして言った。

「そうか、ところで中島町の賭場だが、貸し元はだれだ」

源九郎が低い声で訊いた。凄みのある声である。

「賭場だと。知らねえなァ、おれは、賭場などに縁はねえからな」

信助がうそぶくように言ったが、顔はこわばり、視線は落ち着きなく揺れていた。

「話す気にはなれぬか」

「知らねえもんは、話したくとも話せねえや」

「では、話せるようにしてやろう」

言いざま、源九郎は刀を抜いた。

そして、切っ先を信助の首筋に当てると、どうだ、話すか、と訊いた。

「し、知らねえことは話せねえ！」

信助は首を伸ばし、凍りついたように身を硬くした。

「まだ、その気になれぬか」

源九郎は、切っ先を引いた。

ヒイイッ、信助は首を伸ばしたまま、喉の裂けるような悲鳴を洩《も》らした。顔は紙のように蒼ざめ、胸元や手足などに鳥肌が立っている。

見ると、信助の首筋に血の線がはしり、ふつふつと血が噴き出てきた。切っ先で皮肉を浅く裂いたのである。

「次は、その首を落とす」

源九郎が信助を睨むように見すえて言った。源九郎の顔が豹変していた。年寄りとは思えぬ迫力と凄みがある。

「や、やめろ!」

信助が悲鳴のような声を出した。

「では、話すか」

「は、話す……」

「もう一度、訊くぞ。賭場の貸し元はだれだ」

「親分は、牧右衛門だ」

信助が小声で言った。目に怯《おび》えたような色があった。どうやら、信助は牧右衛門の三下らしい。親分の牧右衛門を恐れているのだろう。

そのとき、源九郎の脇にいた孫六が、

「牧右衛門は、ほんとの名じゃァねえだろう」

と、訊いた。

「そ、そうらしいが、ほんとの名は知らねえ。……賭場の兄いたちは、入船町《いりふねちよう》の親分と呼んでいる」

信助によると、貸し元は深川、入船町で生れ育ったことから、子分たちの間でそう呼ばれているという。

「その入船町の親分は、賭場にも顔を出すのか」

源九郎は、その男が一味の黒幕だろうと思った。

「いや、滅多に来ねえ。おれも、親分の顔を一度しか拝んだことはねえんだ」

「うむ……」

となると、入船町の親分を探し出すのも容易ではないだろう。

「おい、信助、牧右衛門は料理茶屋のあるじだという者がいたが、店はどこにある」

茂次が、信助の背後から訊いた。

「知らねえ。……料理茶屋のあるじと名乗っているらしいが、ほんとかどうかも分からねえ」

信助は首を横に振った。

「では、賭場を仕切っているのはだれなんだ」

入船町の親分が滅多に顔を出さないとなると、賭場を預かって仕切っている男がいるはずだ、と源九郎は思った。

信助によると、猪之蔵は入船町の親分の片腕のような男で、賭場の中盆役でもあるという。中盆は実質的な賭場の支配者である。

源九郎は、猪之蔵なら入船町の親分のことも知っているのではないかと思った。

「猪之蔵《いのぞう》の兄いだ」

「甚十郎だが、入船町の親分とどんなかかわりがあるんだい」

孫六が訊いた。

「くわしいことは知らねえが、親分は升田屋を贔屓《ひいき》にしてたことがあり、そんとき、甚十郎の旦那と知り合ったらしいや。……親分に誘われるままに中島町の賭場で遊んだのだが、まずかったようだな」

甚十郎は賭場の借金がかさみ、入船町の親分の言いなりになるようになったという。

「すると、升田屋は入船町の親分のものか」

源九郎が聞き返した。

「そういうことさ。だから、おれが親分の指図で、升田屋の若い衆をやってるんじゃァねえか。……もっとも、甚十郎の旦那にすれば、いまの方がいいかもしれねえぜ。三崎屋に気兼ねすることなく、店を思いのままに切り盛りできるからな」

信助は、たがが外れたようにしゃべった。腹をくったか、半分自棄《やけ》になったかであろう。

……だいぶ、一味の様子が知れてきたな。

と、源九郎は思った。

牧右衛門という偽名を使い、子分たちから入船町の親分と呼ばれている男を頭にし、賭場を仕切っている猪之蔵、升田屋をあずかっている甚十郎、それにはぐれ長屋に滝造たち四人がいる。

五

「ところで、伝兵衛長屋に住み着いている滝造たちを知っているな」

源九郎は、常三郎、深田、河上の三人の名も出した。

「へえ」

信助が首をすくめるようにうなずいた。

「入船町の親分の手下だな」

「滝造と常三郎の兄いは、親分のむかしからの子分だと聞いておりやす」

「やはりそうか。それで、深田と河上は」

深田たちも、入船町の親分の指示で動いているはずである。

「ふたりは賭場に出入りしてた牢人で、親分から金をもらって動いてるはずなんで」

「子分とはちがうようだな」

深田と河上は用心棒のような立場なのかもしれない。

「ところで、信助、滝造たちは長屋の住人を追い出して何をしようとしているのだ」

源九郎が、最も知りたいことだった。

「そこまでは、分からねえ。猪之蔵の兄いが、相生町の長屋もおれたちの金蔵《かねぐら》になると話してたのを聞いたことがありやすが……」

信助は語尾を濁した。それ以上は知らないらしい。

「うむ……」

やはり、金儲けをたくらんでいるようだ。長屋を壊して何か商売でも始める気なのか、それとも二階建ての長屋にして、金まわりのいい店子《たなこ》を集めて店賃を稼ぐつもりなのか、源九郎にも分からなかった。

「深田と河上とは別に、腕の立つ牢人がいるな」

源九郎は、大川端で襲ってきた牢人の風貌を話した。

「平沼玄三郎《ひらぬまげんざぶろう》さま……」

信助の声が急に細くなり、頬や首筋が粟立《あわだ》っているのが見てとれた。平沼という男のことを思い出し、怯えているようだ。

源九郎は平沼という男の名を聞いた覚えはなかった。地方から流れてきた男かもしれない。あれだけの腕の主なら、江戸の剣術道場で修行していれば、源九郎の耳にも入っているはずである。

「平沼も、入船町の親分の子分か」

源九郎が訊いた。

「くわしいことは知らねえが、平沼の旦那は子分というより、親分に頼まれて仕事しているようだ」

「もうひとり、平沼といっしょにいる三十がらみの男は」

源九郎は町人体の男の人相を話した。

「そいつは、深谷《ふかや》の稲次《とうじ》と呼ばれていやす」

信助が顔をこわばらせ、稲次が中山道の深谷宿に生れ育ったことから、そう呼ばれていることを言い添えた。

「その男は」

「やはり、平沼の旦那と同じように親分に頼まれて……」

「殺し屋かもしれんな」

平沼と稲次は、金ずくで殺しを請け負っているふたり組の殺し屋ではないかと思った。

源九郎につづいて口をひらく者がいなかった。正念寺の境内は、いつの間にか濃い暮色に染まっている。山門のまわりは、深い静寂につつまれていた。さっきまで耳にとどいていた風の音も野鳥の囀りも聞こえなかった。遠い潮騒の音だけが、絶え間なく聞こえてくる。

「信助」

源九郎が信助に顔をむけて言った。

「三崎屋の房次郎を知っているな」

「へえ、まァ……」

信助は戸惑うような顔をした。すでに、源九郎に房次郎のことを訊かれたことが頭をよぎったのかもしれない。

「房次郎は、深田たちといっしょに升田屋に来たことがあると言ったな」

「ですが、もう一年以上も前《めえ》のことですぜ。賭場からの帰りに立ち寄って、一杯《いっぱい》やったようで」

「いなくなる前だな」

おそらく、房次郎はそのころから中島町の賭場へ出入りしていたのだろう。

「ちかごろ、房次郎を見ていないのか」

源九郎が知りたいのは、いま房次郎がどこで何をしているかだった。

「見てねえが、甚十郎の旦那が……」

信助は、そこまで口にして急に言葉を呑み込んだ。喉まで出かかった言葉を押さえたらしい。

「甚十郎がどうしたのだ」

「いえ、てえしたことじゃァねえんで」

信助は困惑したように顔をしかめた。

「たいしたことでなくてもいい、話せ」

源九郎は、射るような目で信助を睨みすえた。

「甚十郎の旦那が、口にしたのを耳にしやしたんで……。房次郎は、入船町の親分があずかってると」

「なに！　入船町の親分が」

思わず、源九郎の声が大きくなった。孫六、茂次、三太郎が、いっせいに信助に目をやった。

……人質かもしれぬ。

と、源九郎は気付いた。入船町の親分は、房次郎を人質に取って三崎屋を恐喝しているのかもしれない。

房次郎が入船町の親分の人質になっているとすれば、東五郎が店にこもっていることやはぐれ長屋で滝造たちに好きなようにやらせていることなどにも納得がいく。

東五郎にとって、房次郎は大事な跡取りである。その房次郎を人質にとられて脅されれば、入船町の親分の言い分を飲まざるを得なくなろう。

おそらく、滝造たちは入船町の親分の指図で動いているのだ。

……房次郎を助け出さねば、長屋も守れんな。

源九郎は、そのためにも房次郎の行方が知りたかった。

「信助、房次郎がどこにいるか知らんのか」

源九郎は語気を強くした。

「知らねえ」

「升田屋に監禁されているのではないのか」

「升田屋にも、賭場にもいねえぜ」

信助がはっきりと言った。

どうやら、信助は房次郎がどこにいるか知らないようだった。源九郎は、入船町の親分と呼ばれる黒幕の隠れ家に監禁されているのではないかと思った。

源九郎が口をつぐむと、つづいて話す者はなく山門の裏手は急に静かになった。すでに、辺りは夜陰につつまれている。

「おれは、これで帰らせてもらうぜ」

信助がそう言って、歩きだそうとした。

「待ちな」

茂次が、信助の前に立ちふさがった。

「信助、おまえをこのまま帰すわけにはいかんな」

源九郎が言った。

「お、おれを、どうしようと言うのだ」

信助の顔に恐怖の色が浮いた。声も、震えを帯びている。この場で、源九郎たちに始末されると思ったのかもしれない。

「おまえの命を助けてやるのさ」

「なんだと」

信助の顔に戸惑うような表情が浮いた。

「考えてみろ、おまえがわしらにしゃべったことが、親分の耳に入ったら生きてはいられまい。それに、わしらがしゃべらずとも、いずれ近い内に入船町の親分もろとも一味の悪事は露見する。すでに、町方も動いているしな。そうなれば、おまえも捕らえられて土壇場で首を打たれるな」

源九郎が当然のことのように言った。

まだ、町方は動いてなかったが、一味の者たちと一戦交えることになれば、栄造をとおして町方の手を借りるつもりだった。一味の親分が賭場をひらいている上に、房次郎を監禁してはぐれ長屋を脅し取ろうとしたことが明白になれば、町方も動くはずである。ただ、信助のような下っ端が打ち首になるとは思えなかったが、源九郎は信助を脅すつもりでそう言ったのである。

「ど、どうすりゃァいいんで」

信助が声を震わせて訊いた。

「今度の件の始末がつくまで、身を隠していればいいのだ。なに、わしらが匿《かくま》ってやる。おまえのためにな。いい隠れ家を探してあるのだ」

そう言って、源九郎は顔をくずした。

源九郎は、信助を亀楽の元造に預かってもらうつもりだった。元造に家族はいないし、二階に部屋があいているので、信助を隠すこともできるだろう。

「ただし、すこしばかり窮屈かもしれんがな」

源九郎は念のために信助に縄をかけておくつもりだった。逃げ出して賭場へでも駆け込まれたら、どうにもならない。

「わしらといっしょに来い」

源九郎が信助の背を押すと、信助は不安そうな顔をしたが、黙ってついてきた。

六

信助から話を聞いた翌日、源九郎はひそかにはぐれ長屋を抜け出した。向かった先は三崎屋である。

三崎屋の暖簾をくぐると、帳場にいた番頭の粂蔵が源九郎の姿を目にし、慌てた様子で近寄ってきた。

「華町さま、何かご用でございましょうか」

粂蔵は源九郎に身を寄せて訊いた。顔がこわばっている。粂蔵もはぐれ長屋が揉《も》めていることを知っていて、源九郎が談判に来たと思ったのかもしれない。

「東五郎さんは、おられるかな」

源九郎はおだやかな声で訊いた。

「華町さま、あるじは体調がおもわしくありませんので、てまえが代わって話を聞くわけにはまいりませんでしょうか」

粂蔵が源九郎の耳元で訊いた。

「番頭さん。東五郎さんにな、家族のことで大事な話がある、と伝えていただけぬかな。それでも、会えぬとなれば、わしはおとなしく帰るが」

源九郎は、伜の房次郎のことで来たことを匂わせたのだ。

粂蔵の顔色が変わった。迷惑そうな表情が消え、急にけわしい顔になると、

「華町さま、すぐにあるじに話してまいります。ここで、お待ちを」

そう言い残し、慌てた様子で奥へむかった。どうやら、粂蔵も房次郎が人質になっていることを知っているようだ。

待つまでもなく、粂蔵はもどってきた。そして、源九郎に身を寄せ、すぐに、奥へ来て欲しいとのことです、とささやき、

「華町さま、ともかく、お上がりになってください」

と、急に声を大きくして言った。顔には上客をもてなすような愛想のいい笑みが浮いている。なかなかの役者である。奉公人や店先にいる客に、源九郎が房次郎のことで来たことを知られぬよう配慮したらしい。

東五郎は、以前源九郎と会った帳場のつづきにある客間で先に来て待っていた。顔に不安と焦燥《しょうそう》の表情が刻まれていた。この前、会ったときより東五郎は痩《や》せていた。憔悴《しょうすい》しているらしく頬はこけ、目が隈取っている。この間、東五郎が房次郎のことでどれだけ心配し、不安にかられていたかが一目で分かった。おそらく、食事もまともに喉を通らなかったはずである。

「は、華町さま、倅のことで話があるとか」

東五郎は源九郎の顔を見るなり、声を震わせて訊いた。

「そうです」

源九郎は用意された座布団に腰を下ろした。

「そ、それで、倅は無事なのでしょうか」

「はっきりしたことは分からぬが、無事だと思いますよ」

源九郎は、房次郎の身について何も知らなかった。ただ、入船町の親分が人質である房次郎を殺すはずがないので、そう言ったのである。

「東五郎さん、房次郎さんは入船町の親分に捕らえられているのだな」

源九郎は単刀直入に訊いた。

東五郎の顔にハッとしたような表情が浮かんだが、すぐに不安と苦悩の表情に変わり、無言のままちいさくうなずいた。

まちがいなく、房次郎は入船町の親分の人質になっているようだ。

「わしらが、何とか房次郎さんを助け出しましょう」

源九郎は東五郎を真っ直ぐ見すえて言った。

「は、華町さま、倅を助け出せましょうか」

東五郎が不安そうな顔をした。

「大きな声では言えぬが、房次郎さんを助け出そうとしているのは、わしだけではないのだ。ひそかに、長屋の仲間も動いておる。町方もな」

源九郎にしては大袈裟《おおげさ》な物言いだが、はぐれ長屋を守るためにも、東五郎の信頼を得て味方につけるしか手はないのである。

「それは、また……」

東五郎の顔がわずかにやわらいだ。

「何としても、房次郎さんはわしらが助け出す」

はぐれ長屋を守るためにも、房次郎を助け出さねばならないのだ。

「あ、ありがとうございます」

ふいに、東五郎の顔がつぶれたようにゆがみ、涙声になった。大事なひとり息子を失うかもしれないという東五郎の不安と恐れを、源九郎の言葉がいくぶん拭い取ったようだ。いままでひとりで悶々《もんもん》と苦しんでいたのであろう。

「さて、入船町の親分と呼ばれる男は牧右衛門と名乗っているようだが、本名をご存じかな」

源九郎が声をあらためて訊いた。

「伊勢蔵《いせぞう》という名のようです。わたしも、それがあの男の本名かどうか分かりませんが、房次郎がいなくなる前、わたしに、入船町の伊勢蔵に気をつけた方がいい、伊勢蔵は三崎屋の身代を食い物にする気だと申しておりましたので」

「伊勢蔵か」

どうやら、伊勢蔵が入船町の親分の本名らしい。

「それで、これまで伊勢蔵との間で何があったのか話してくれ」

源九郎が言った。

「甚十郎が升田屋を手放せ、と言ってきたのが初めでした」

そう言って、東五郎が話し始めた。

二年ほど前、甚十郎が三崎屋に来て、房次郎が博奕で七百両もの借金を作ったことを話し、さらに一気に負けを取り返すために升田屋の店舗と土地を賭けて勝負をし、負けたというのだ。

東五郎は甚十郎の話に半信半疑だった。そのころ、房次郎の素行が悪く、岡場所や賭場に出入りしているという噂を耳にしていたが、升田屋を賭けるほど博奕にのめり込んでいたとは思えなかったからである。

すぐに、東五郎は房次郎に問い質《ただ》した。すると、房次郎は賭場で三百両ほど負けて、貸し元に返すよう迫られているが、升田屋を賭けたことはないと言い張った。

東五郎はただちに升田屋へ出向き、以前から使っていた女中や包丁人などに問い質した。その結果、甚十郎も房次郎と連れ立って賭場へ出かけたことや、賭場へ出入りしているらしいうろんな牢人や遊び人ふうの男などが、升田屋でしばしば飲食していることなどが分かった。

「わたしが気付かなかったのが悪いのですが、甚十郎が博奕におぼれ、賭場の貸し元といっしょになって房次郎を博奕に引き込んだらしいのです。それで、わたしは升田屋は甚十郎もろとも切り捨てた方がいいと判断したのです」

「それで、升田屋を手放したのだな」

東五郎の話は、源九郎たちがこれまで調べたことや信助から聞き込んだことと符号していた。

「はい、その際、房次郎の博奕の借金も帳消しにしました。……わたしは、升田屋を手放したことはよかったと思ってるんです。そのことがきっかけで、房次郎も改心し、店の商売にも精を出すようになりましたから」

ところが、半年ほど前、甚十郎と入船町の親分という男が突然三崎屋にあらわれ、はぐれ長屋のことを持ち出したという。

「伝兵衛長屋をゆずれというんです。それも、百両で……。わたしは、その気はないと突っ撥《ぱ》ねましたよ。安過ぎることもありましたが、店子のみなさんを追い出すわけにはいきませんからね」

「東五郎さんにそう言っていただけると有り難いですな。それで、伊勢蔵は伝兵衛長屋からわしらを追い出して何をしようというんです」

源九郎が訊いた。このことは、滝造たちが長屋に来たときから知りたかったことである。

「伊勢蔵は長屋を壊し、料理茶屋を建てたいと言ってました。なんですか、あそこは両国橋の盛り場にも近いし、すぐ裏手は相撲興行のある回向院にもなっている。黙っていても客は集まると言ってました」

「料理茶屋な」

確かに、地の利はある。だが、近くに老舗《しにせ》の料理屋や船宿などが多く集まっている柳橋があった。はたして、一軒だけで料理茶屋を始めて商売になるだろうか。それに、はぐれ長屋のすべてを壊して更地にすれば、料理茶屋一軒ではひろすぎるだろう。

「升田屋が、うまくいっているので、味をしめたのかもしれません」

東五郎が言った。

「それで、どうしたのだ」

源九郎は話の先をうながした。

「二月ほど前、房次郎が店を出たまま行方が分からなくなりました。その翌日、伊勢蔵が牢人を連れて店に来て、房次郎をあずかったから、返して欲しければ伝兵衛長屋を渡せと言い出したのです。……それで、このようなことに」

東五郎が苦渋に顔をしかめて言った。

「そういうことか」

東五郎は房次郎を助けたい一心から、伊勢蔵の要求を飲んだらしい。

「ところで、伊勢蔵だが、どんな男なのだ」

東五郎は伊勢蔵と二度会っている。隠れ家や住居《すまい》は分からなくても、年格好や人相は分かるだろう。

「歳は四十五、六でしょうか。背が高く、痩せた男でした」

顔は面長で鷲鼻。眼光のするどい男で、ひどく低い声の主だったという。

「そうか」

顔を合わせれば、伊勢蔵と分かるだろう、と源九郎は思った。

「華町さま」

東五郎が源九郎を見つめて言った。

「何とか、房次郎を助けてください。房次郎さえ助けていただければ、伝兵衛長屋を伊勢蔵たちに渡すことなどしませんし、大家もいままでどおり伝兵衛にやってもらいます」

東五郎が必死の面持ちで言った。

「わしらも、長屋を出たくないのでな。房次郎さんは何としても助け出すつもりでいる」

そう言って、源九郎は腰を上げた

東五郎は源九郎の後についてきながら、何度も、房次郎を助けてくれ、と口にした。親としてみれば、当然の思いなのであろう。

第五章　救　出

一

　雨がシトシトと降っていた。小雨だったが、軒先から滴り落ちる雨音が絶え間なく聞こえてくる。源九郎は朝餉《あさげ》を終えた後、傘張りの仕事に取りかかったが、一向にはかどらなかった。長屋の置かれている状況や監禁されているであろう房次郎のことが気になって、刷毛《はけ》を動かす手もとまりがちだったのである。

　源九郎が、東五郎に会って話を聞いてから三日経っていた。この間、孫六、茂次、三太郎の三人が、滝造たちの目を盗んで長屋を抜け出し、房次郎の監禁場所を探したが、まったく手掛かりはなかった。

　そのとき、軒先の雨垂れの音の向こうから、聞き覚えのある下駄の音が聞こえてきた。菅井らしい。将棋であろう。雨で、居合の見世物に行けない日は源九郎の家に来て、将棋を指すことが多いのだ。

戸口の腰高障子があいて、菅井が顔を出した。やはり、将棋である。小脇にいつもの将棋盤をかかえている。

「華町、雨の日は将棋だ」

いつもの台詞《せりふ》を口にし、菅井は将棋盤を手にして上がり込んできたが、どういうわけか声に弾みがなく、顔も曇っていた。

「そうだな」

源九郎は、すぐに手にした刷毛を置いた。源九郎も仕事をつづける気は失《う》せていたのである。

ふたりは、さっそく将棋盤を前にして胡座《あぐら》をかいたが、駒を並べ始めた菅井の手がとまった。

「華町、気付いているか」

菅井が声をひそめて言った。

「何のことだ」

「ちかごろ、平沼と稲次がおれたちを見張っているようだぞ」

すでに、源九郎から菅井に平沼玄三郎と深谷の稲次の名は知らせてあったのだ。

「わしも気付いている」

昨日、源九郎がはぐれ長屋を出るとき、稲次が向かいの店の陰から姿をあらわし、尾《つ》けてきたのを察知した。

稲次にかまわず、源九郎は丸徳に張り終えた傘をとどけ、そのまま長屋にもどると、いつの間にか稲次の姿は消えていたのだ。

菅井に話を聞くと、一昨日、長屋を出るとき稲次と平沼らしい男に仕事場にしている両国広小路まで尾けられたという。

「やつらは、おれたちの命を狙っているのだ。仕掛ける隙を見せれば、すぐにも襲ってくるぞ」

菅井が駒を握りしめたままいった。めずらしく、菅井は将棋をやる気にならないようだ。それだけ、平沼と稲次のことが気になっているのだろう。

「滝造たちも焦っているのだ。長屋の住人を追い出すのが、はかどらないからな」

源九郎も駒を並べるのをやめてしまった。

このところ、長屋の住人たちは滝造たちの嫌がらせにも耐えて、長屋を出る者がいなかった。お熊やおまつたちの説得が利いているのだろう。

「それに、信助のことがあるかもしれんな。やつらも、信助がいなくなったのを気付いているはずだ」

伊勢蔵一味が、信助の失踪を源九郎たちとつなげてみても不思議はない。

「房次郎を助け出してから滝造たちに攻勢をかけ、長屋から追い出してしまえば、けりがつくな」

菅井が将棋盤に目を落として言った。すでに、房次郎が伊勢蔵の人質になっていることは長屋の仲間に話してあったのだ。

「そう簡単に始末はつかんぞ」

はぐれ長屋にいる滝造たち四人の他に、始末せねばならぬ敵は大勢いた。殺し屋らしい平沼と稲次、賭場を仕切る猪之蔵、東五郎を裏切った甚十郎、それに親分の伊勢蔵である。とても、源九郎たち長屋の者だけでは手に負えないだろう。

そのとき、ピシャ、ピシャ、ピシャと足音がした。雨のなかを走ってくる音である。ひどく慌てているようだ。

足音が源九郎の家の戸口に近付くと、すぐに障子があいた。お熊だった。傘もささずに来たらしく、髷《まげ》や着物が濡れている。

お熊は源九郎と菅井の顔を見るなり、

「旦那、助けて!」

と、悲鳴のような声を上げた。顔がひき攣《つ》り、体が顫《ふる》えている。

「どうした、お熊!」

言いざま、源九郎が立ち上がった。

菅井も慌てて立ち、その拍子に将棋盤がひっくり返って駒が畳に散らばったが、見向きもしなかった。

「き、来たんだよ、やつらが」

「だれが来たのだ」

「滝造たちが、いま、家で暴れてるんだよ」

お熊が声を震わせて言った。

「行くぞ」

源九郎は部屋の隅に立て掛けてあった刀をつかむと外へ飛び出した。菅井も無腰のまま外へ出たが、刀を取りに自分の部屋へ駆けもどった。お熊が目をつり上げて、源九郎につづく。

源九郎は雨のなかを走りながら、

……ここまで来たら、滝造たちと戦うしかない。

と、腹をかためた。

お熊の家から、男の怒号と部屋のなかで何か投げ付けるような音が聞こえた。滝造とお熊の亭主の助造がやり合っているらしい。

お熊の家の前で菅井と顔を合わせた。よほど急いでもどってきたらしく、顔が赭《あか》く染まっている。

源九郎と菅井はお熊の家の腰高障子をあけて、土間へ踏み込んだ。部屋のなかに、三人の男がいた。滝造と深田、それに助造が部屋の隅にへばり付いて顫えていた。常三郎と河上の姿はなかった。他の家へ行っているのかもしれない。

「待て、待て！」

菅井が叫んだ。

その声で、滝造と深田が振り返った。滝造は手に箱枕を持っていた。助造に投げつけようとしていたらしい。枕屏風が倒れ、火打ち箱や柳行李《やなぎごうり》が座敷にころがっていた。滝造が部屋のなかで暴れたのだろう。

二

「華町と菅井か。おめえたちの出る幕じゃァねえ、ひっ込んでな」

滝造が恫喝《どうかつ》するように言った。

「おまえたちこそ、すぐに立ち去れ。他人の部屋に押し入って、勝手な真似をするのを見逃すわけにはいかん」

源九郎が語気を強くして言った。怒りに顔が赭く染まっている。滝造たちのやり方はあまりに無体である。

「勝手な真似じゃァねえ。おれは大家だぜ。店子《たなこ》が家賃を払えねえんなら、出ていってもらうしかねえだろうが」

そう言って、滝造は手にした箱枕を源九郎たちの前に放り投げた。箱枕は上がり框《がまち》のそばで一度撥《は》ねてから、源九郎の足元に落ちてころがった。

「おまえたちに、勝手な真似はさせぬ」

菅井が目を剝《む》いて言った。菅井の顔も怒りに染まり、目がつり上がって顎のとがった顔が夜叉《やしゃ》のように見えた。

「強がりを言うんじゃァねえ。おめえたちも店子だ。それに、店賃の六百文を払ってねえじゃァねえか。この家を片付けてからおめえたちの部屋にも行く、引っ越しの支度をして待ってな」

「わしらは、長屋を出るつもりはないぞ。助造たちもな」

源九郎が突っ撥ねるように言った。

「店賃も払わねえで、長屋に居座るつもりかい」

「店賃は払う。ただし、おまえではない、地主の三崎屋に直に渡す」

源九郎は、滝造たちを追い出すまで、店賃を東五郎に直接渡すつもりでいた。当然、前の四百五十文である。

「な、なんだと！　そんな勝手な真似はさせねえ」

滝造が怒鳴ったとき、それまで黙って立っていた深田が刀の柄に右手を添え、スッと上がり框に近寄った。身辺に殺気がただよっている。

それを見た菅井が、すばやく柄に手を伸ばした。そして、居合腰に腰が沈んだ瞬間、シャッ、と刀身の鞘走る音がし、腰元から閃光《せんこう》が疾《はし》った。

咄嗟《とっさ》に、深田が刀を抜きかけたが、その手がとまった。菅井の抜きつけの一刀が伸び、切っ先が深田の喉元にぴたりと付けられたのだ。田宮流居合、神速の抜刀である。

「動けば、首を落とすぞ」

菅井が深田を見すえて言った。剣客らしい凄《すご》みのある顔である。

「お、おのれ！」

深田は、半分刀を抜きかけたまま硬直したようにつっ立った。動けなかったのである。深田の顔が屈辱と驚愕《きょうがく》にゆがんでいる。菅井の居合がこれほどとは思わなかったのだろう。滝造も、息を呑んで凍りついたように立っていた。

「帰れ、おれたちがいる以上、長屋で勝手な真似はさせぬ」

菅井は切っ先を深田の喉元につけたまま言った。

深田は柄を握りしめたまま、ゆっくりと土間へ下りた。この場は引き下がるより仕方がないと思ったようだ。滝造も蒼ざめた顔のまま上がり框から土間へ下りた。

「てえへんだ！」

ふたりが、戸口から出ようとしたところへ、茂次が飛び込んできた茂次はその場の状況を目にすると、棒立ちになって目を剝いた。

「どうした」

源九郎が訊《き》いた。

「孫六のとっつァんの家へ、常三郎と河上が入り込んで騒いでいやす」

茂次が顔をこわばらせて言った。

「分かった。わしが行こう」

源九郎は、茂次、この場を頼む、と言い置いて、走りだした。菅井、茂次、助造の三人がいれば、何とか深田と滝造を追い出せるはずである。

まだ、小雨が降っていた。源九郎は水溜まりのできた長屋の軒沿いを走った。足元や袴の裾へ泥水が跳ねたが、かまわずに走った。

孫六の家のまわりに長屋の住人が数人、心配そうな顔で立っていた。日傭取《ひようと》りの乙吉、ぼてふりの繁松《しげまつ》、大工の手間賃稼ぎの仲助《ちゆうすけ》……。雨で仕事に出かけられなかった亭主や女房たちである。

家のなかから、孫六のがなり声と常三郎らしい怒鳴り声が聞こえた。ふたりでやり合っているらしい。

源九郎が駆け付けると、家のそばに立っていた乙吉が、華町の旦那だ、と声を上げた。そばにいた繁松と仲助が、ほっとしたような顔をして、慌てて脇へ身を寄せた。

源九郎は腰高障子をあけて、土間へ踏み込んだ。

ちょうど、上がり框のところで孫六が常三郎と睨《にら》み合っていた。土間の脇に河上が立っている。

座敷の奥で、富助を抱いたおみよが粗壁に身を寄せて身を顫わせていた。ふたりの前に、亭主の又八が母子を守るように目をつり上げて立っている。

常三郎が飛び込んできた源九郎を見て、

「てめえは、華町！」

と叫んだが、すぐに後じさりを始めた。

それを見て、土間の隅にいた河上が常三郎と入れ替わるように源九郎の前に出てきた。双眸《そうぼう》が射るように源九郎を見すえている。両腕を脇に垂らしたままだが、身辺から鋭い殺気を放っていた。

「旦那、こいつらが、すぐに出ていけとぬかしゃァがって」

孫六が甲走った声で言った。

すると、後ろに下がった常三郎が、

「そうよ、店賃を払わねえやつらは、すぐに出てってもらうのよ」

と、うそぶくように言った。

「いま、滝造たちとも話をつけてきたのだ。店賃は、三崎屋に直に渡すとな」

「な、なんだと！」

常三郎が怒りに顔を染めて怒鳴った。

「大声を出すな。赤子が驚くぞ」

源九郎は座敷の奥で顫えているおみよに、案ずるな、ふたりはすぐ帰る、とおだやかな声で言った。

すると、おみよの顔にほっとした表情が浮かび、気持に余裕ができたのか、抱きかかえた富助を、よし、よし、と言いながら揺すってやった。

常三郎は、源九郎の落ち着いた態度によけい腹が立ったのか、

「てめえ！　おれたちを虚仮《こけ》にする気か」

と、怒りに声を震わせて叫んだ。

「常三郎、引け。ここは、おれの出番のようだ」

そう言って、河上が源九郎と対峙した。

右手を刀の柄に添え、左手で鯉口を切った。抜く気のようだ。

「ここでは狭い。やるなら表へ出ろ」

源九郎は河上と相対したままゆっくりと敷居をまたいだ。隙を見せれば、河上が斬撃をあびせてくると読んだのである。

源九郎につづいて、河上も外へ出た。戸口にいた乙吉や繁松たちが、ワッと声を上げて逃げ散った。

まだ、小糠雨《こぬかあめ》が降っていた。雨のなかで、源九郎と河上は相対した。ふたりの間合は三間の余。すでに河上は抜刀し、切っ先を源九郎にむけていた。

「まいるぞ」

源九郎も刀を抜いた。

河上は青眼、源九郎は八相である。

……なかなかの遣い手だな。

河上の切っ先がピタリと源九郎の目線につけられていた。それに、こうした斬り合いに慣れているらしく、体に真剣勝負の力みがない。

「おぬし、何流を遣う」

源九郎が訊いた。

「流などない。斬り覚えた剣だ」

河上がくぐもった声で言った。

「無手勝流か」

だが、河上の青眼の構えは自己流ではなかった。背筋が伸び、腰が据わっている。流名は分からぬが、若いころ名のある道場で修行したにちがいない。

河上がジリジリと間合をつめ始めた。顔をしかめている。雨の滴が顔をつたい、早く勝負をつけたいと思ったようだ。

間合がつまるにしたがって、河上の全身に気勢がみなぎってきた。ただ、源九郎はそれほど威圧を感じなかった。河上は雨中の立ち合いに苛立《いらだ》ち、一撃必殺の気魄《きはく》がなかったのである。

斬撃の間境を越えるや否や、河上が仕掛けてきた。

裂帛《れっぱく》の気合を発しざま、青眼から真っ向へ。鋭い斬撃だったが、源九郎は八相から袈裟《けさ》に斬り下ろして、その斬撃をはじいた。

キーン、という甲高い金属音がひびき、ふたりの刀身が上下に撥ねた。

次の瞬間、源九郎が刀身を返しざま籠手《こて》へ斬り込んだ。間髪を入れず、河上が刀身を横に払う。

一瞬、源九郎の斬り込みが迅《はや》く、ザクリ、と河上の右前腕の肉をえぐった。一方、河上の切っ先は源九郎の袖先をかすめて流れた。

河上は後ろへ跳んだが、体勢がくずれてよろめいた。

源九郎は動きをとめた。追いすがって河上に一太刀あびせれば、仕留められたが、長屋の住人たちの目の前で斬殺する気になれなかったのである。それに、河上はしばらく刀をふるうことはできないだろう。

河上は大きく間合を取って青眼に構えたが、刀身が大きく揺れていた。右腕の傷は深く、うまく刀が構えられないのだ。河上は苦痛に顔をゆがめた。右腕からは、赤い糸のように血が流れ落ちている。

「これまでだ。長屋を去れ」

源九郎が喝するような声で言った。

「おのれ！　覚えておれ」

河上はよろめきながらその場を離れた。

「華町、このままじゃァすまねえぜ。首を洗って待ってな」

常三郎が捨て台詞を残して、河上の後を追った。

ことの成り行きを固唾《かたず》を飲んで見つめていた乙吉たちが歓声を上げ、逃げていくふたりの後ろ姿に罵声《ばせい》を浴びせた。滝造たち四人の仕打ちに苦しめられていた長屋の者にとって、久々に溜飲の下がる思いだったにちがいない。

三

茂次と三太郎は、通り沿いの瀬戸物屋の陰にいた。そこから、半町ほど先にはぐれ長屋につづく路地木戸が見えた。ふたりは手ぬぐいで頬っかむりして顔を隠し、大工の着るような黒半纏《くろばんてん》に股引姿だった。身装《みなり》を変えて、長屋を出る滝造たち四人を見張っていたのである。

源九郎と菅井がお熊と孫六の家で、滝造たちとやり合った翌日だった。滝造たちを追い返した後、源九郎の部屋に五人の仲間が集まった。

源九郎が菅井たち四人を前にして、

「滝造たちは、すぐに動く。いまが、伊勢蔵の隠れ家をつきとめる機だ」

と、切り出した。

滝造たちは、源九郎と菅井が刀を持って立ち向かってきたことで、四人だけでは長屋の住人たちを追い出せないと踏んだはずだ。河上が手傷を負ってしばらく刀をつかえないこともあり、新たな仲間を呼び寄せるのではないか、と源九郎は読んだのだ。

「滝造たちは、伊勢蔵の許へ相談に行く。そこを尾ければ、隠れ家がつきとめられるはずだ」

源九郎の声には断定するようなひびきがあった。

「その役は、あっしら三人でやりやすぜ」

茂次が言い、孫六と三太郎がうなずいた。

そして、今朝早くから、茂次たち三人は長屋を出るであろう滝造たちを見張っていたのだ。ただし、孫六だけは別の場所にいた。念のために、竪川沿いの通りの物陰に身をひそめ、滝造たちが出てくるのを待っていたのである。

「茂次さん、滝造たちは来やすかね」

三太郎が不安そうな声で訊いた。

「来るはずだ。おれも、滝造たちは伊勢蔵に助っ人を頼むとみてるんだ」

茂次がそう言ったとき、路地木戸からひとりの男が出てきた。

「あれは……」

三太郎が小声で言って、指差した。

菅笠をかぶり、黒の丼《どんぶり》（腹がけの前隠し）に股引姿だった。ぼてふりか職人のように見えた。

「だれかな。長屋に、あんな男いたかな」

三太郎が首をひねった。

「おい、やつは滝造だぞ。まちげえねえ。おれたちと同じように、身装を変えてるんだ」

茂次が目をひからせて言った。その体軀《たいく》に見覚えがあったのである。

滝造は足早で竪川の方へ歩いていく。滝造が茂次たちの前を通って半町ほど過ぎたとき、ふたりは通りへ出た。跡を尾けるのである。

竪川沿いに出た滝造は、大川方面にむかった。茂次たちが滝造の跡を尾けて、大川方面にむかって歩き出したとき、後ろから孫六が近付いてきた。川岸の柳の樹陰に身を隠していたらしい。

「菅笠をかぶっているやろうは、滝造だ」

茂次が小声で言った。

「おれもそう見たぜ」

孫六がちいさくうなずいた。

「とっつァん、相手は滝造ひとりだ。三人で尾けるこたァねえ。ここは、おれと三太郎にまかせてくんな」

「分かった。おれは、ここで張り込みをつづけるぜ。まだ、常三郎たちが残っているからな」

そう言うと、孫六は急いで柳の樹陰にもどった。

前を行く滝造は竪川にかかる一ッ目橋を渡って、大川端へ出た。そのまま深川の方へむかっていく。

滝造は御舟蔵《おふなぐら》の脇を通って、今川町、佐賀町と川下へむかって歩いた。

茂次は、滝造が富ヶ岡八幡宮の門前通りにある升田屋か中島町の賭場へ行くのではないかと思った。ところが、滝造は佐賀町へ入ってしばらく歩くと、左手の路地へ入っていった。そこは、升田屋や賭場へ行く道筋ではなかった。

滝造は掘割沿いの道をいっとき歩き、堀川町へ入るとさらに左手にまがった。そこは、縄暖簾《なわのれん》を出した居酒屋、そば屋、小料理屋などが目立つ横丁で、狭い割には人通りも多かった。

滝造は横丁に入ってすぐ、路地からすこし奥まった場所にある料理屋に入っていった。横丁に並ぶ小体《こてい》な店とくらべると大きな店で、店先には飛び石や籬《まがき》などもあり、老舗《しにせ》らしい雰囲気をただよわせていた。

「妙なところに入ったぜ」

茂次が三太郎に小声で言った。

「伊勢蔵の隠れ家かも知れませんよ」

三太郎が目をひからせて言った。

「どうかな。ともかく、探りを入れてみよう」

茂次は店先の植え込みの陰に身を寄せて、戸口へ近付いた。まだ、店開きしていないと見え、暖簾は出ていなかった。格子戸の脇に掛け行灯《あんどん》があり、福乃屋《ふくのや》と記してあった。店のなかから、かすかに物音と男の声が洩《も》れてきたが、話の内容は聞きとれない。

「三太郎、近所で聞き込んでみよう」

茂次は、これ以上店内に探りを入れるのは無理だと思った。

ふたりは、路地へ出て左右に目をやると、半町ほど離れた場所にそば屋があるのに気付いた。

「三太郎、あのそば屋で話を聞いてみようじゃァねえか。腹もへったしな」

茂次がそう言うと、三太郎は目を細めてうなずいた。三太郎も腹をへらしていたようだ。

そば屋の暖簾をくぐると、土間の前が板敷きの間になっていて職人らしい男がふたり、そばをたぐっていた。

茂次と三太郎は板敷きの間の端に腰を下ろし、注文を訊きにきた小女にそばを頼んだ。

「姐《ねえ》さん、ちょいと、すまねえ」

茂次が小女に声をかけた。

「何ですか」
十六、七と思われる小女は怪訝《けげん》な顔をして茂次を見た。
「なに、てえしたことじゃァねえんだが、この先に福乃屋ってえ料理屋があるだろう」

「ええ」

「あの店の女将が、おれのむかしのコレに似ててよ」

茂次が小指を立てて見せた。

「そうなの」

小女が茂次のそばに近付いてきた。この手の話が好きらしい。それに、客がすくないので、多少油を売っていてもあるじに叱られないと思ったのかもしれない。

「おれの女は、お梅ってえんだが、女将の名はお梅じゃァねえだろうな」

茂次は咄嗟に女房の名を出した。

「お梅さんじゃァないわよ。雪乃《ゆきの》さん」

「雪乃だと、妙に冷てえ名じゃァねえか。それで、旦那が氷左衛門《こおりざえもん》なんてえんじゃァねえだろうな」

茂次は笑いながら冗談ぽく言った。

「やだ、そんな名じゃないわよ。旦那の名は、徳次郎《とくじろう》さん」

そう言って、小女は白い歯を見せて笑った。

「徳次郎な」

伊勢蔵でも、牧右衛門でもなかった。もっとも、伊勢蔵なら自分とつながるような名は使わないだろう。

「還暦ちかい男で、小太りじゃァねえかい」

茂次は適当に言った。

「ちがうわ。歳は四十半ばで、痩《や》せて背の高いひと」

「痩せて背が高い男だと」

源九郎から聞いていた伊勢蔵と体軀は合う。

「丸顔で、鼻の低いやつだろう」

茂次は、わざと話に聞いていた伊勢蔵とは違う顔付きを口にした。

「ちがう、ちがう、面長で鼻の高いひとよ」

小女は顔の前で手を横に振りながら言った。

「そうかい」

まちがいない伊勢蔵だ、とうとう、隠れ家をつきとめたぜ。茂次は虚空を睨むように見すえ、胸の内でつぶやいた。徳次郎の年格好から風貌、体軀まで、話に聞いていた伊勢蔵と合致していた。それに、滝造が開店前の店に入ったことから考えても、徳次郎を伊勢蔵と断定してもいいようだ。

茂次が急にけわしい顔をしたからであろう。小女は困惑したような顔をすると、きびすを返して板場へもどっていった。

「三太郎、あの店が伊勢蔵の塒《ねぐら》だぜ」

茂次がささやくような声で言った。

「そのようで」

三太郎も目をひからせている。

それから、ふたりはそばをたぐって腹ごしらえすると、ふたたび通りへ出て聞き込みを始めた。もうすこし、福乃屋と伊勢蔵のことを探りたかったのである。

通り沿いの店に何軒か立ち寄って訊くと、だいぶ様子が知れてきた。伊勢蔵は五年ほど前福乃屋を居抜きで買取り、あるじに収まったという。また、雪乃は伊勢蔵の情婦《いろ》らしいことも知れた。

ただ、店にうろんな牢人が出入りしている様子はないようなので、深田や河上が店に来て直接伊勢蔵と会うことはすくないようだ。

「三太郎、長屋に帰って旦那たちに知らせようぜ」

「そうしやしょう」

茂次と三太郎は、足早に横丁を通り抜けた。

四

茂次と三太郎が堀川町の横丁で聞き込んでいたころ、孫六は常三郎の跡を尾けていた。

茂次たちが滝造の跡を尾けて竪川沿いの道を深川へむかってから半刻（一時間）ほどしたとき、孫六の前に常三郎が姿を見せたのだ。常三郎も菅笠をかぶり、風呂敷包みを背負って行商人のような格好をしていたが、孫六はその体軀や歩く姿から常三郎の変装と見破ったのである。

常三郎は仙台堀にかかる上ノ橋のたもとを左手に入り、伊勢崎町《いせざきちょう》を歩いていた。半町ほど後ろを孫六が尾けていく。

しばらく歩くと、海辺橋が見えてきた。常三郎は海辺橋の手前を左手の路地に入っていった。そこはごてごてと小体な店や表長屋などがつづき、盤台をかついだぼてふり、風呂敷包みを背負った物売り、女、子供などが目に付く雑多な路地だった。

常三郎は勝手知った通りらしく、行き交う人の間を縫うように足早に歩いていく。

……やろう、どこへ行くつもりだ。

孫六は通行人の背後にまわったり物陰に身を隠したりして、常三郎の跡を尾けた。歳は取っていたが、孫六は岡っ引きで鍛えた丈夫な足腰をしていたし、尾行も巧みだった。

常三郎はしばらく路地を歩き、四辻の角にあった仕舞屋《しもたや》に入っていった。板塀でかこった妾宅ふうの家である。

……情婦《いろ》のところへしけこむつもりかな。

孫六は足音を忍ばせて板塀に身を寄せた。

家のなかから、くぐもった男の声が聞こえてきた。何人かで、話しているようだ。孫六は板塀の節穴からなかを覗《のぞ》いてみた。狭い庭の先に縁側があった。縁側に面した障子があいていて、男の肩先だけが見えた。武士らしいが、何者なのか分からない。

孫六は忍び足で縁側の方へ身を寄せた。しだいに、座している武士の全身が見えてきた。牢人体である。横顔なので人相ははっきりしないが、面長で鼻が高い。深田と河上でないことは確かだ。

その牢人の脇にもうひとりいた。ずんぐりした体軀の町人体の男である。

……平沼と稲次かもしれねえ。

孫六は源九郎からふたりの風体を聞いていたのだ。

縁先に近付いたせいか、家のなかの話し声が聞き取れるようになった。障子の陰で姿は見えなかったが、牢人と対座している男がもうひとりいるらしかった。

おそらく、常三郎であろう。

……河上の旦那がやられやしてね。深田の旦那だけじゃァ、長屋の連中に太刀打ちできねえんで。

そう言ったのは、常三郎だった。

「……華町と菅井は遣い手だからな。と、牢人体の男。

「……それで、平沼の旦那の手を借りてえと思いやしてね。

常三郎が言った。

板塀の陰で聞いていた孫六は、やはり、平沼だ、と胸の内で叫んだ。とすると、もうひとりの町人体の男は稲次ということになろう。

ここがふたりの隠れ家だ、と孫六は確信した。

「……華町と菅井は、おれたちふたりで仕留めまさァ。それが、おれたちの仕事だ。

脇から、稲次と思われる男が口をはさんだ。

「……早くしてもらいてえ。下手をすると、長屋にいるおれたちが殺《や》られちまう。

常三郎が苛立った声で言った。

「……分かっておる。それで、頭にも報《し》らせてあるのか。

平沼が訊いた。

「……今朝、滝造兄いが福乃屋へ行って頭に会っておりやす。

「……そうか。今度頭に会ったら、ちかいうちにおれたちが華町と菅井は始末すると伝えておけ」

そう言うと、平沼が立ち上がった。そして、廊下に出ると、両腕を突き上げて伸びをした。

孫六は凝《じっ》と身をすくめていた。板塀の陰にいることが知れたら命はないだろう。

いっとき、平沼は庭に目をやっていたが、ふたたび座敷にもどり、「稲次、めしでも食ってくるか」と立ったまま声をかけた。やはり、稲次である。

「……そうしやしょう」

稲次も立ち上がった。

孫六はそろそろと板塀の陰を離れた。平沼たちが家から出てくれば、孫六の姿が目に入るはずである。家を出る前に、板塀の陰から離れねばならない。孫六は、そっとその場を離れた。

何とか、気付かれずに板塀の陰から離れて路地にもどることができた。まだ平沼たちは家から出てこない。

……今日のところは、これまでだな。

孫六はそう思い、はぐれ長屋へ帰ることにした。

孫六が源九郎の家へ顔を出すと、菅井、茂次、三太郎の姿もあった。四人で車座になり、何か話していたようだ。

「とっつァん、いいところへ来た。座ってくんな」

茂次が孫六の顔を見るなり言った。

「茂次たちも、何かつかんできたようだな」

孫六はすぐに座敷に上がった。

「伊勢蔵の塒が知れたぜ」

そう言って、茂次が滝造を尾けて福乃屋をつきとめたことをかいつまんで話した。

「おれも、福乃屋の名は聞いたぜ。やつらが、滝造と頭が会っていると話してたからまちげえねえ」

「やつらというのは」

源九郎が訊いた。

「常三郎、それに平沼と稲次でさァ」

「とっつァん、平沼と稲次の塒をつきとめたのか」

茂次が驚いたような顔をして訊いた、

「まァな」

「さすが、番場町の親分と呼ばれていただけのことはあるぜ。やることが早え《はえ》や」

そう言って、茂次が孫六を持ち上げると、

「それほどでもねえよ」

孫六は満足そうに目を細めた。

「これで、伊勢蔵一味の所在はすべて知れたな。まだ、房次郎の監禁場所は分かってないが、福乃屋か平沼たちの隠れ家ではないかな」

源九郎が一同に視線をまわして言った。その目に、挑むようなひかりがあった。

「あっしもそう思いやす。明日にでも、もう一度伊勢崎町に行って福乃屋を探ってみやすよ」

茂次がそう言うと、

「それじゃァ、あっしは平沼たちの塒を洗いやしょう」

と、孫六が言い添えた。

それから三日後、房次郎の監禁場所が知れた。源九郎の睨んだとおり、福乃屋だった。茂次と三太郎が福乃屋のちかくに張り込み、通いの女中に袖の下を握らせて話を聞き、房次郎が離れにいることが分かったのだ。

女中は、福乃屋には店舗の裏手に馴染みの客だけを入れる離れがあり、そこに三月ほど前から若い町人体の男が押し込められていると話した。

茂次はひととおり話し終えた後、

「伊勢蔵は親戚筋の男で気が触れていると言って、店の女中や包丁人を離れに近付かせないそうですぜ」

と、言い添えた。

「まちがいない。房次郎はそこだ」

源九郎が声を上げた。めずらしく、源九郎の声が昂《たかぶ》っていた。やっと、房次郎の監禁場所をつきとめたのである。

「華町、今度はこっちの攻める番だぞ」

菅井も興奮した面持ちで言った。

五

源九郎と孫六は浅草、諏訪町の路地を足早に歩いていた。栄造に会うために、そば屋の勝栄にむかっていたのである。

茂次や孫六たちが、伊勢蔵一味の隠れ家を探ってきた翌日である。源九郎は長屋の五人だけでは、伊勢蔵一味に太刀打ちできないとみて、町方の手も借りるつもりだった。

もっとも、伊勢蔵たちは房次郎を拉致《らち》し、三崎屋からはぐれ長屋を脅し取ろうとしていただけではなく中島町で賭場をひらいていることも分かったので、町方がそれらの事実を知れば、源九郎が黙っていても伊勢蔵一味の捕縛にむかうはずである。

勝栄の店内はひっそりしていた。まだ早いせいか、客の姿はない。板場で水を使う音がするので、声をかけると、栄造が濡れた手を前だれで拭きながら出てきた。料理の仕込みでもしていたらしい。

「これは、華町さまと孫六親分、おそろいで」

栄造が微笑を浮かべながら近寄ってきたが、源九郎たちを見つめた目は笑っていなかった。源九郎がいっしょだったので、何か事件があったと踏んだのであろう。

「酒を頼むか。いまから酔ってるわけにはいかぬが、一杯だけならいいだろう。それに、そばをな」

源九郎は板敷きの間の框に腰を下ろしながら言った。

「へい、お勝に用意させやすんで」

そう言い残して、栄造は板場へもどってから、ふたたび源九郎たちの前にあらわれた。

「それで、何かありましたかい」

栄造が小声で訊いた。

「伝兵衛長屋が、もめているのを知っているか」

源九郎が声を低くして言った。

「へい、とっつァんから聞きやした」

「それなら話が早いが、滝造たちの狙いが知れたのだ」

源九郎は、滝造たちがはぐれ長屋の店子を追い出して長屋を壊し、その後に料理茶屋を造るつもりらしいことを話した。

「あの長屋の家主は、材木問屋の三崎屋でしたね」

栄造が訊いた。

「そうだ」

「三崎屋がそうするつもりで、滝造たちを送り込んできたんですかい」

栄造が首をひねった。腑に落ちなかったのだろう。

「いや、三崎屋ではない。三崎屋のあるじの東五郎がな、ある男に脅されて、やむなく言いなりになっていたのだ」

そこまで源九郎が話したとき、脇に腰を下ろしていた孫六が、

「諏訪町の、そいつがこの前話していた深川一帯を縄張にしている親分だよ」

と、小声で言い添えた。

「いくらか、様子が見えてきたな」

そう言って、栄造がちいさくうなずいた。

「親分の名は伊勢蔵。……この男、世間から顔を隠すために様々な名を使っている。牧右衛門、徳次郎、それに子分たちは入船町の親分と呼んでいるようだ」

「伊勢蔵ってえ名ですかい。あっしら町方も、そいつを洗ったことがありやすが、とうとう名もつかめなかったんで」

栄造が苦笑いを浮かべて言った。

「伊勢蔵はなかなかの悪《わる》でな。伝兵衛長屋を手に入れるために、倅の房次郎を監禁し、東五郎を脅しているようなのだ」

源九郎が言った。

「いまも、房次郎を監禁してるんですかい」

栄造が源九郎に顔をむけて訊いた。やり手の岡っ引きらしいするどい目をしている。

「そうだ。どこに、監禁しているかもつかんでいる」

「そいつは手が早《はえ》え。すぐにも、伊勢蔵をお縄にできますぜ」

栄造の声が大きくなった。

「諏訪町の、それだけじゃァねえぜ。賭場のある場所も、一味の隠れ家も分かってるんだぜ」

孫六が胸を張って言った。

「とっつァん、てえしたもんだ。さすが、番場町の親分だ」

栄造が感嘆の声を上げた。

「それほどでもねえよ。……諏訪町の、おれも、おめえにはかなわねえからな」

孫六は栄造を持ち上げることを忘れなかった。栄造の手を借りなければ、伊勢蔵一味を捕縛することはできないのだ。

ちょうどそこへ、お勝が酒とそばを運んできた。三人は話をやめ、お勝が板場に下がるのを待ってから、

「孫六、一杯だけならいいだろう」

そう言って、源九郎は銚子を手にした。

「へッへへ……。それじゃァ、一杯《いっぺえ》だけ」

途端に孫六は目尻を下げ、猪口《ちょく》を差し出した。孫六は酒に目がないのである。

源九郎も猪口をかたむけて喉を湿した後、

「それで、町方の手を借りたいのだがな」

そう言って、栄造に目をむけた。

「手を貸すもなにも、伊勢蔵の悪事がはっきりしたんだ。旦那たちが黙っていても、伊勢蔵たちを捕らせてもらいやすぜ」

栄造は語気を強くして言った。

「ただな、房次郎を助け出すのが先なのだ。下手に、福乃屋に踏み込んで、房次郎の命を奪われでもしたら、わしら店子としても東五郎さんに顔向けできんから

な」

町方でも、簡単に伊勢蔵一味を捕縛できないだろう。房次郎を人質に取られているこどもあるが、一味には平沼と深田という腕の立つ牢人がいるし、滝造、常三郎、稲次の三人も一筋縄ではいかない男たちである。

「分かっていやす。旦那、ともかく、村上《むらかみ》さまにお話ししてみますぜ」

村上彦四郎《ひこしろう》は栄造に手札を渡している南町奉行所の定廻り同心で、源九郎とも面識があった。

「そうしてくれ、村上どのなら、うまくやってくれるだろう」

そう言って、源九郎は猪口に手を伸ばした。

六

「華町、行くぞ」

菅井が腰高障子をあけ、首だけつっ込んで言った。

「よし」

源九郎はすぐに刀を腰に差して、戸口から出た。外は淡い西陽が射していたが、間もなく陽は沈むだろう。女房の声や赤子の泣き声などが間遠に聞こえていたが、長屋は眠ったようにひっそりしていた。夕暮れ前の静かないっときである。仕事に出た亭主も遊びに出ている子供たちももどらず、長屋が束の間の静寂につつまれる時なのだ。

井戸端に孫六が待っていた。源九郎と菅井が近付くと、

「滝造たちは、長屋にもどってきませんぜ」

と、小声で言った。

「わしらの命を狙って、どこかに身をひそめているのであろう」

源九郎と孫六が栄造に会った翌日、滝造たち四人が長屋から消えていた。滝造たちは、このままでは長屋の住人を追い出すのは無理だと判断して長屋から出たらしい。おそらく、滝造たちは源九郎と菅井を始末するまで、長屋を出ているつもりなのだろう。

「姿を見せたら返り討ちにしてくれるわ」

菅井が言った。

「茂次と三太郎は」

「福乃屋を見張っていやす」

これから、源九郎たちは房次郎の救出に行くことになっていたが、茂次と三太

郎は今朝から交替で福乃屋を見張っていたのだ。

「よし、行こう」

源九郎たちは路地木戸を出て表通りへ出た。

竪川にかかる一ッ目橋を渡り、御舟蔵の脇を通って新大橋のたもとまで来ると、川岸に三太郎の姿があった。

三太郎は源九郎たちの姿を見ると、慌てて走り寄ってきた。

「どうだ、福乃屋の様子は」

歩きながら源九郎が訊いた。

「いつもと変わりなく、店をひらいていやすが、滝造と深田がいるようです」

三太郎が、滝造と深田が店へ入っていくのを見た、と言い添えた。

「そうか」

源九郎は驚かなかった。滝造たちにすれば、行き場はかぎられていた。福乃屋でなければ、伊勢蔵の賭場か升田屋と読んでいたのだ。

「河上と常三郎は」

菅井が訊いた。

「分からねえ。福乃屋では、姿を見かけなかったので、別の隠れ家かもしれやせん」

「踏み込めば、すぐに知れよう」

源九郎は、どうせなら河上と常三郎もいっしょに始末してしまいたかった。

「それで、栄造たちはどこにいる」

孫六が訊いた。

この日、村上が指図する捕方が源九郎たちといっしょに踏み込み、伊勢蔵と店にいる手下を捕縛する手筈になっていた。

栄造から報告を受けた村上は、すぐに伊勢蔵一味を捕縛すべく捕方を集めた。ただ、村上は騒ぎが大きくなって伊勢蔵たちに町方の動きが洩《も》れるのを恐れ、与力には上申しなかった。

村上は巡視途中で、拉致されていた房次郎の監禁場所が知れたため急遽踏み込んだことにするつもりだった。そのため、捕方も村上の息のかかった岡っ引きや下っ引きを集めただけであった。したがって、大捕物にしてはすくない人数である。

もっとも、村上は源九郎たちに腕の立つ牢人を始末させようと思っていたし、房次郎を助け出して伊勢蔵を捕らえれば、手柄を独り占めにできるのだ。

「万年橋のたもとで待機していやす」

三太郎が顔を紅潮させて言った。いよいよ福乃屋に踏み込む段になり、気が昂ってきたのだろう。

「急ごう」

すでに、暮れ六ツ（午後六時）を過ぎていた。陽は対岸の日本橋の家並の先に沈み、大川端は淡い暮色につつまれていた。ぽつぽつと人影はあったが、大川端はひっそりとして汀《みぎわ》に寄せる川波の音だけが聞こえてくる。

万年橋のたもとに村上の姿があった。黄八丈《きはちじょう》の小袖を着流し、三つ紋の黒羽織の裾を角帯に挟んでいる。八丁堀ふうと呼ばれる格好である。その村上からすこし離れた場所に数人の岡っ引きらしい男が立っていた。村上が集めた捕方らしい。それにしても、すくなすぎないだろうか。相手の伊勢蔵は、名うての親分である。

「華町、待っていたぞ」

村上は仏頂面をして言った。

町方同心としては、長屋の住人である源九郎たちといっしょに行動するのは面《おも》映《は》ゆいのだろう。

「捕方は、あれだけか」

源九郎が、捕方たちに目をむけて訊いた。五人だけである。

「いや、他に十人ほどな。この場に集まっていたら人目を引く。それで、分散してあるのだ」

村上は当然のことのように言って、歩きだした。

「そうか。……ところで、福乃屋には深田という遣い手がいるようだぞ」

源九郎も村上と肩を並べて歩きだした。

「そいつは、おぬしと菅井どのに頼む。ただ、偶然その場を通りかかり、やむなく斬り合いになったことにしてくれ。後が面倒なのでな」

村上は、源九郎たちの手を借りて伊勢蔵たちを捕縛したと思われたくないようだ。

「いいだろう」

源九郎は、房次郎を助け出し、町方が伊勢蔵を捕らえてくれればそれでいいと思った。源九郎たちの目的は、はぐれ長屋をとりもどすことである。

源九郎たち一行が堀川町に入ると、川岸に五人、岡っ引きらしい男が待っていた。どうやら、村上が集めた捕方らしい。五人の男は村上と顔を合わせると無言で頭を下げ、一行のなかにくわわった。

辺りの暮色は深まり、大川端はさらに寂しくなった。ときおり、遅くまで仕事をしていたらしい職人や飲みにでも行くらしい若者が通りかかり、一行を見て不安そうな顔をしたが、かかわりになるのを恐れて足早に離れていった。

掘割沿いの道をいっとき歩くと、

「こっちで」

と、三太郎が左手の路地を指差した。そこが、福乃屋のある横丁である。

その横丁の入口近くにも、捕方が五人いた。やはり、村上に頭を下げると無言で一行にくわわった。

路地は濃い暮色につつまれ、居酒屋の赤提灯《あかちようちん》や小料理屋の掛け行灯《あんどん》の灯《ひ》などが、路傍に落ちていた。小体な店のなかから、くぐもったような男の声や嬌声が聞こえてくる。ときおり、酔客らしい人影や連れ立って飲みに来たらしい男たちが通ったりした。

そのとき、路地を小走りに来るふたりの姿が見えた。茂次と栄造である。どうやら、栄造も福乃屋を見張っていたようだ。おそらく、村上の指示であろう。

「伊勢蔵も、房次郎もいるようですぜ」

茂次は源九郎の前に立ったが、村上にも聞こえるように言った。

七

村上が指差した。

「あれが、福乃屋か」

戸口の掛け行灯が淡い灯を落とし、飛び石や籬《まがき》をぼんやり照らしだしていた。

二階に客がいるらしく、明りの点《とも》った座敷から談笑する男の声が聞こえてくる。

福乃屋はいつもと変わりなく商売をしているようだ。

「客は」

村上が栄造に訊いた。

「一組四人、入りやした。二階の座敷にいる連中で」

栄造が答えた。

「客は逃がしてもかまわねえ。女中や包丁人は、念のため店に残しておけ」

村上が集まった捕方たちにも聞こえる声で言った。

そして、村上は捕方を二手に分けた。表から入る者たちと、背戸から入る者たちである。

「村上どの、まず、わしらは離れの房次郎を助けるぞ」

源九郎たちの目的は、房次郎の救出である。

「そうしてくれ」

村上も、伊勢蔵たちに房次郎を人質に取って抵抗されると面倒だったのだ。

「行け！」

村上が裏手から入る者たちに命じた。すぐに、栄造たち八人が、籬の脇を通って店の裏手へまわった。

源九郎、菅井、孫六、茂次、三太郎の五人も、離れのある裏手へむかう。裏手といっても東側にあたり、狭いが紅葉《もみじ》、松、百日紅《さるすべり》などの植えられた庭があり、その隅に離れがあった。

「旦那、あれですぜ」

茂次が指差した。

そこに、小体な数寄屋ふうの離れがあった。丈のあるつつじの植え込みが戸口を囲み、出入りする者の姿を隠すようになっていた。

源九郎たちは、足音を忍ばせて離れに近付いた。つつじの植え込みの間の通路に踏み込むと、格子戸のなかからくぐもったような男の声が聞こえた。話は聞き取れなかったが、複数の声である。

茂次が戸口に身を寄せて、格子戸に耳を近付けた。

「滝造と深田だ」

茂次が声を殺し、口の動きだけで知らせた。

どうやら、滝造と深田は離れにひそんでいたようだ。おそらく、房次郎の見張りも兼ねているのだろう。

「念のため、茂次と三太郎は裏手にまわってくれ」

深田はともかく、滝造が裏口から逃げ出さないともかぎらなかった。

「承知しやした」

茂次と三太郎は庭木の葉叢《はむら》の下をくぐって、離れの裏手へまわった。

「入るぞ」

源九郎が踏み込もうとして、格子戸に手をかけたときだった。

店の方で、男の怒号と女の甲高い悲鳴が上がった。村上たちが踏み込んだらしい。女の悲鳴は女将か女中であろう。つづいて、階段を駆け下りる音や家具の倒れるような音などがひびき、騒然となった。

ふいに、離れのなかの話し声がやみ、町方か！　という声につづいて、立ち上がる気配がした。滝造たちが、町方が踏み込んできたことを察知したらしい。

「来るぞ！」

源九郎が脇にいる菅井に知らせた。

足音が聞こえた。話していたふたりが、戸口にむかってくるようだ。つづいて、土間へ下りる音がし、ふいに格子戸があいた。

源九郎の目の前にあらわれたのは、深田だった。その背後に、滝造の姿もあった。ふたりは、淡い夜陰のなかで驚愕に目を剝いている。

「は、華町か！」

深田がひき攣《つ》ったような声を上げた。

「深田、観念しろ。逃げ場はない」

そう言って、源九郎は刀の柄に手をかけた。ここは、深田を斃《たお》すしかなかった。

「待て、こいつはおれにやらせろ」

菅井が源九郎の前に出てきた。すでに居合腰に沈め、右手を柄に添えて抜刀体勢を取っている。

「おのれ！　こうなったらふたりとも始末してやる」

深田が顔を怒りに染めて戸口から出ると、すぐに植え込みの方へまわり込んだ。抜き合わせるだけの間合を取ろうとしたのである。

「まかせた！」

言いざま、源九郎が戸口から飛び込んだ。深田を菅井にまかせ、房次郎を助け出そうとしたのである。

戸口に滝造がつっ立っていた。いきなり飛び込んできた源九郎を目の当たりにして、一瞬、硬直したように棒立ちになったが、

「やろう！」

と叫びざま、殴りかかってきた。咄嗟のことで、匕首《あいくち》を取り出すことができなかったらしい。

瞬間、源九郎は脇へ体を寄せながら、左手で鍔元《つばもと》を握って前へ鞘ごと突き出した。柄当《つかあ》てだった。敵が接近していて抜刀する間がないおりに踏み込んで、柄頭で敵の腹部を打つのである。

グッ、と滝造が喉のつまったような呻《うめ》き声を洩らし、腹を押さえてうずくまった。源九郎の柄当てが滝造の鳩尾《みぞおち》をとらえたのである。

「孫六、滝造に縄をかけろ」

言いざま、源九郎は奥へ走った。

「合点で」

孫六はふところから細引を取り出すと、滝造の両腕を後ろに取ってすばやく縄をかけた。長年岡っ引きをしていただけあって、手際は見事である。

源九郎は上がり框に飛び上がると、障子をあけた。そこは、居間らしかった。徳利と湯飲みが転がっていた。滝造と深田が酒を飲んでいたらしい。

源九郎は居間を突き抜け、隣部屋との間を仕切っている襖をあけた。なかはうす暗かった。隅に立て掛けてある屛風の陰に人影があった。手足を縛られ、猿《さる》轡《ぐつわ》をかまされている。

源九郎は走り寄った。

若い町人だった。蒼ざめた顔を源九郎にむけ、目を剝いて何か叫ぼうとした。

「房次郎か」

源九郎が声をかけると、男は身を捩《よじ》るようにして首を縦に振った。房次郎である。

「いま、助けてやる」

源九郎は後ろにまわり、まず猿轡を取ってやった。

「……あ、ありがとう、ございます」

房次郎が声を震わせて言い、どなたさまでしょうか、と源九郎に訊いた。

「三崎屋に頼まれて、助けにきた者だ」

面倒なので、源九郎はそう言った。そして、手早く房次郎の手足を縛った縄を解いてやった。房次郎は憔悴《しょうすい》しているようだったが、体に傷はなかった。打擲《ちょうちゃく》されるようなことはなかったらしい。

「歩けるか」

源九郎は房次郎の腕をつかんで立たせてやった。

「は、はい……」

房次郎はよろけたが、自力で歩けるようだった。

八

菅井は抜刀体勢を取ったまま深田と対峙していた。すでに、深田は刀を抜き、青眼に構えて切っ先を菅井の胸のあたりにつけている。

深田は趾《あしゆび》を這《は》うようにさせて、ジリジリと間合をせばめてきた。その刀身が淡い夜陰のなかで、蛙を狙う蛇のように迫ってくる。

……低いな。

青眼の構えにしては、刀身が低かった。通常、青眼は切っ先を敵の目線か、低くても喉元につけるのである。

……おれの抜きつけを、はじくつもりか。

居合の抜きつけの一刀は、逆袈裟《ぎゃくげさ》に斬り上げるか、横一文字に払うことが多い。深田はその太刀筋を読み、低く構えて大きく踏み込まずに菅井の斬撃をはじこうとしているらしい。

……ならば、初太刀は捨ててやる。

菅井は二の太刀で勝負を決しようと思った。

深田との間合がしだいに迫ってきた。ふたりの全身に気勢がみなぎり、緊張が高まってくる。

深田の右足が、斬撃の間境の一尺ほどに迫った。刹那《せつな》、菅井の全身に抜刀の気が疾った。

イヤアッ！

裂帛《れっぱく》の気合と同時に菅井が抜きつけた。

一瞬、深田の顔に戸惑いの色がよぎった。まだ、切っ先のとどかない遠間だったからである。

菅井の腰元から閃光が疾った。

逆袈裟へ。

稲妻のような斬撃だった。

すばやく深田が反応した。菅井の斬撃に、体が反射的に動いたのである。菅井の刀身をはじこうと、青眼から敵の鍔元へ斬り込んだのだ。

が、深田の一撃は空を切った。一瞬の迷いが、斬り込みを遅らせたのである。

菅井の切っ先も空を切った。切っ先がとどかない遠間から抜きつけたからである。だが、菅井の次の動きが迅かった。

タアッ！

鋭い気合とともに、刀身を返して袈裟に二の太刀をふるった。

骨肉を断つにぶい音がし、深田がのけ反った。次の瞬間、肩口から血飛沫《ちしぶき》が飛び、深田が後ろへよろめいた。菅井の二の太刀が深田の肩口へ入ったのである。

深く割れた傷口から、截断《せつだん》された鎖骨が覗いている。

深田は足を踏ん張って体勢をたてなおし、ふたたび青眼に構えようとした。肩口から噴出した血が首筋から頬を赭黒《あかぐろ》く染めている。深田は目をつり上げ、歯を剝き出していた。夜叉を思わせる憤怒の形相である。

数瞬、深田はその場につっ立っていたが、ゆらっと体が揺れ、腰からくずれるように倒れた。腹這いになった深田は首をもたげて手足を動かしていたが、ふたたび身を起こすことはなかった。夜陰のなかで、肩口から血の流れ落ちる音が物悲しく聞こえてくる。

そのとき、源九郎と房次郎が戸口からあらわれた。

「菅井、房次郎を助けたぞ」

源九郎が声をかけると、

「こっちは、深田を仕留めた」

菅井が返り血を浴びた顎のあたりを指先でこすりながら、ニヤリと笑った。気が高揚しているのか、顔が赭黒く染まり、薄い唇が血を含んだような色をしていた。般若《はんにゃ》のような薄気味悪い顔である。

菅井が深田と対戦していたとき、福乃屋の戸口では村上が伊勢蔵と向かい合っていた。捕方が女将の雪乃や女中などを取り押さえている騒ぎを聞きつけ、帳場の奥の居間にいた伊勢蔵が戸口にあらわれたのである。

四十代半ば、長身瘦軀で面長だった。まちがいなく伊勢蔵である。

「こ、これは、八丁堀の旦那、どういうことでございますか」

伊勢蔵は顔をこわばらせ、声を震わせて言った。伊勢蔵には、深川の闇世界を牛耳っている黒幕を思わせるような態度は微塵《みじん》もなかった。人のいい料理屋の主人が、突然の出来事にうろたえているように見える。

「伊勢蔵か」

村上が訊いた。

「い、いえ、福乃屋のあるじの徳次郎でございます」

伊勢蔵は長身の体を折るようにして、揉《も》み手をしながら言った。

「徳次郎、またの名は牧右衛門。その正体は入船の伊勢蔵。しらを切っても駄目だ。神妙にお縄を頂戴しな」

村上は伊勢蔵を睨みすえて言った。

「な、なにをおっしゃるんです。わ、わたしは、徳次郎ですよ。伊勢蔵などというひとは知りませんよ」

伊勢蔵は村上の勘違いに戸惑い、困惑したような口吻《くちぶり》で言ったが、その細い目には刺すようなひかりが宿っている。

「往生際が悪いぞ。裏の離れに、房次郎が監禁されてることも分かっているんだ。いまごろ、房次郎を助け出してるはずだぜ」

「な、なに……」

伊勢蔵の顔が豹変した。戸惑いと困惑の色は拭い取ったように消え、顔がひきしまり双眸が鋭いひかりを帯びた。獰猛《どうもう》で残忍な獣を思わせるような凄みのある顔である。これが、深川の闇の世界を牛耳っている伊勢蔵の正体であろう。

「捕れ！」

村上が声を上げると、そばにいた数人の捕方が駆け寄って伊勢蔵を取り囲んだ。

御用だ！　御用だ！

捕方たちの声が飛び、四方から十手が突き出された。

伊勢蔵は抵抗しなかった。村上を睨みすえたまま微動だにせず、つっ立っている。抵抗しても無駄だと、分かっているのだ。

「観念しやがれ！」

叫びざま、大柄な捕方が伊勢蔵の肩に手をかけて右腕を後ろに取った。すると、別のひとりが左手を後ろに取り、伊勢蔵をその場に座らせて、すばやく早縄をかけた。

「ひったてろ！」

村上が声を上げた。

第六章　ふたりの殺し屋

一

東の空がほんのりと明らんできた。まだ、星が瞬いていたが、上空もいくぶん白んできたようである。これまで、夜の帳《とばり》にとざされていた家々もその輪郭を取り戻し、路傍の樹木や東向きの板塀などには色彩が蘇ってきた。払暁まで、もうすぐである。

源九郎、菅井、孫六の三人は、深川伊勢崎町を歩いていた。平沼と稲次の隠れ家を襲い、ふたりを斃《たお》すためである。

福乃屋で房次郎を助け出し、深田を斬殺して伊勢蔵と滝造を捕らえた後、源九郎が、

「福乃屋のことが手下たちに知れれば、姿を消すかもしれんぞ」

と、村上に言うと、

「分かった。明朝、賭場と升田屋に捕方をむけよう」

村上もすぐに同意したが、渋い顔をして、ただし、この手勢で三手に分かれるのは無理だな、と言い添えた。

確かに、三手に分かれるには人数が足りない。そこで、源九郎と菅井とで平沼と稲次を始末することになったのである。

もっとも、村上は初めからその肚《はら》で、捕方を集めたようだ。平沼と稲次は殺しくないはずだ。多勢の捕方で取り囲めば、捕らえることもできるが、犠牲者もすくな屋である。村上は巡視の途中、拉致されていた房次郎の監禁場所が知れたため踏み込んだことにしたかったので、犠牲者を出したくなかったのである。

その夜のうちに、村上たち町方は伊勢蔵、滝造、それに情婦《いろ》の雪乃を近くの番屋に連れていき、数人の者に警護させ、村上たちは未明とともに升田屋と賭場にむかう手筈になっていた。また、栄造と三太郎とで房次郎を三崎屋に送り届け、茂次は村上たちに同行して賭場への案内をすることになった。村上に頼まれたこともあったが、伊勢蔵の片腕である猪之蔵と甚十郎がどうなるか見届けるためでもある。

仙台堀沿いの道をしばらく歩くと、前方に海辺橋が見えてきた。

「あの橋の手前を、左手に入った先でさァ」

孫六が海辺橋を指差して言った。

源九郎たちは海辺橋の手前を左手にまがり、小体《こてい》な店や表長屋などのつづく路地を足早に歩いた。

まだ、陽は出ていなかったが、東の空は茜《あかね》色に染まり辺りが明るくなってきた。路地沿いの店はどこもしまったままで、夜明け前の静寂につつまれている。人影のない路地の先が、乳白色に白んでいた。

「旦那、あの家でさァ」

孫六が板塀でかこわれた仕舞屋《しもたや》を指差した。

三人は板塀に身を寄せて、なかの様子をうかがった。まだ、平沼と稲次は寝入っているのだろう。家は静まり、物音も話し声も聞こえてこなかった。

「華町、どうする」

菅井が声を殺して訊《き》いた。

「踏み込んで、寝込みを襲うのは気が進まんな」

源九郎は、押し込みや暗殺のような殺し方はしたくなかった。

「庭におびき出すか」

「わしが、平沼と立ち合おう」

源九郎は菅井に深田との勝負をまかせたので、今度は自分の番だと思った。それに、源九郎は平沼と一度切っ先を合わせていたのだ。

「いいだろう、おれは稲次を斬ろう」

菅井がうなずいた。

源九郎たち三人は、板塀の枝折り戸《しおど》から庭先へまわった。縁側の板戸はあいたままだった。夜風を入れるためにしめなかったのであろう。

丈の低い雑草が生い茂っていた。朝露で草鞋《わらじ》と袴の裾が濡れたが、それほど足場は悪くない。

源九郎は庭に立つと、いそいで刀の下げ緒で襷《たすき》をかけ、袴の股だちを取った。立ち合いの支度をしたのは、平沼を強敵と見ていたからである。一方、菅井は刀の目釘《めくぎ》を確かめただけで、何の支度もしなかった。

孫六はふたりからすこし離れ、戸口の近くに立っていた。平沼はともかく、稲次が逃走しようとしたら、その行く手をふさぐつもりだったのだ。

「平沼玄三郎はいるか！」

源九郎が声を上げた。

家のなかは静寂につつまれたままで、人の動く気配はない。

「華町源九郎だ、顔を見せろ。さもなくば、入って行くぞ」

さらに、源九郎が声をかけた。

すると、縁側の先の障子のむこうで、夜具を動かすような音がし、くぐもったような男の声が聞こえた。会話の内容は聞き取れなかったが、平沼と稲次が何か言葉を交わしたらしい。

ガラリ、と障子があいた。

姿を見せたのは総髪の牢人である。つり上がった目が、刺すように源九郎を見すえている。大川端で切っ先を交えた男、平沼玄三郎である。平沼は単衣《ひとえ》の裾を後ろ帯に挟み、左手に大刀をたずさえていた。おそらく、単衣のまま寝ていたのだろう。

その平沼の脇に、ずんぐりした体軀《たいく》の町人が立っていた。稲次である。稲次も細縞の単衣を裾高に尻《しり》っ端折《ぱしょ》りし、両臑をあらわにしていた。手に匕首《あいくち》を握りしめ、血走った野犬のような目で庭を見まわしている。

「旦那、三人だけのようですぜ」

稲次が小声で言った。庭先にいるのが、源九郎、菅井、孫六の三人だけなのを確認したようだ。

「三人だけで、おれたちを斃すつもりか」

平沼が低い声で訊いた。

「いかにも、おぬしの相手はわしがする。大川端での勝負をつけたいのでな」

そう言って、源九郎が平沼の前に動いた。

「返り討ちにしてくれよう」

平沼が、縁先から庭に下りた。

つづいて、稲次が庭に飛び下り、匕首を抜いて身構えた。その前に、菅井がすばやくまわり込んだ。

源九郎は平沼と対峙した。間合は三間の余。まだ、ふたりとも両腕を垂らしたままである。平沼が縁先から離れるように動きながら、足場を確かめている。

平沼が動きをとめた。この足場なら、素足でも立ち合えると読んだようだ。

二

「平沼、立ち合う前に訊きたいことがある」

源九郎は、平沼ほどの遣い手がなぜ伊勢蔵のような無頼の徒のもとで、殺しを稼業にするようになったのか知りたかったのだ。

「何だ」

「わしは、鏡新明智流を遣うが、おぬしの流は」

「おれは馬庭念流《まにわねんりゅう》だ」

「すると、上州の出か」

馬庭念流は上州樋口《ひぐち》家の流儀で、上州を中心にひろまっている。江戸でも馬庭念流を身につけた者はいるが、平沼ほどの遣い手はまれであろう。

「いかにも。……高崎の出だ」

平沼は隠さなかった。ここで、源九郎と勝負を決しようとする気があるからである。

「なぜ、江戸へ出た」

「食えぬからかな。それとも、やくざ者を斬るのに飽いたからかな」

平沼が口元にうす笑いを浮かべて言った。

どうやら、江戸に出た特別な理由はないようだ。街道筋を流れ歩いて博奕打《ばくち》や無宿者と交わり、用心棒や金ずくで人を斬って口を糊《のり》してきたのであろう。そうしたなかで、稲次と知り合い、江戸に流れ着いたのかもしれない。

「わしも似たようなものだが、金だけで人は斬らぬぞ」

ただ、斬殺のためにだけふるったのでは、剣が泣く。この男を斬っても心は痛まぬだろう、と源九郎は思った。

「いくぞ、平沼」

言いざま、源九郎が抜刀した。いつもの茫洋《ぼうよう》とした顔ではない。双眸《そうぼう》が燃えるようにひかり、剣の遣い手らしい威風と凄《すご》みのある顔である。

「くるがいい」

平沼も抜いた。土気色をした表情のない顔だが、目が鋭く、唇が異様に赤かった。気が昂《たかぶ》っているのである。

ふたりの間合はおよそ三間。平沼は青眼に構え、切っ先を源九郎の目線につけた。対する源九郎は八相である。

平沼の切っ先が眼前に迫ってくるように見え、剣尖《けんせん》のむこうに体が遠ざかったように感じられた。剣尖の威圧で間合が遠く見えるのだ。

源九郎は刀身を垂直に立てた高い八相に構えていた。どっしりと腰が座り、大樹のような大きな構えである。

ふたりは対峙したままいっとき動かなかったが、平沼が摺《す》り足ですこしずつ間合をつめ始めた。平沼の全身に気勢が満ち、しだいに剣気が高まってくる。

相対した源九郎は微動だにしなかった。気を鎮め、平沼の動きを見つめていた。八相は敵の動きに反応して斬り込む後《ご》の先《せん》の構えである。

ふいに、平沼の寄り身がとまった。一足一刀の間境の手前である。一歩、踏み込めば斬撃の間のなかに身を置くことになる。

平沼が全身に気魄《きはく》を込め、斬撃の気配を見せた。気で攻め、源九郎が押されて気の揺れた瞬間をとらえ、斬り込むつもりなのだ。

だが、源九郎も泰然として動かず、気魄で攻めていた。気の攻防である。両者から痺《しび》れるような剣気が放射され、異様な緊張と静寂がふたりをつつんでいる。

数瞬が過ぎた。剣気の高まりは限界に達している。

フッ、と平沼の剣尖が下がった。刹那《せつな》、稲妻のような剣気が疾《はし》った。

イヤアッ！

タアッ！

両者の裂帛《れっぱく》の気合が、静寂をつんざいた。同時に、ふたりの体が躍り、二筋の閃光《せんこう》が疾った。

平沼が青眼から真っ向へ。源九郎が八相から袈裟《けさ》へ。二筋の閃光が交差した瞬間、ふたりは左右に跳んだ。

間髪をいれず、ふたりは反転し、踏み込みざま二の太刀をふるった。一瞬の体《たい》捌《さば》きである。

源九郎は逆袈裟に斬り上げ、平沼は胴を払った。ふたりは交差し、大きく間合を取ってから反転して切っ先をそれぞれの敵にむけ合った。

源九郎の着物の腹部が裂けていた。平沼の切っ先に裂かれたのだが、皮膚まではとどいていない。源九郎の柄を握った手に、皮肉を裂いた感触が残っていた。

平沼の右の手首から血が流れている。源九郎の逆袈裟の太刀が、平沼が胴を払おうと腕を伸ばした瞬間をとらえたのである。

「おのれ！」

平沼の顔が興奮と怒りでゆがんだ。骨まで達するような深手ではなかったが、右腕を斬られたことで平静さを失ったらしい。

平沼の青眼に構えた切っ先が、かすかに震えている。気の昂りが身を硬くし、腕を震わせているのだ。

源九郎は八相に構えると、足裏をするようにして間合をつめ始めた。対する平沼は動かなかった。いや、動けなかったのである。源九郎の気魄に押され、自分から攻められなかったのだ。右手首が真っ赤に染まり、血が細い筋を引いて流れ落ちている

源九郎の左足が斬撃の間境を越えるや否や、平沼が仕掛けてきた。源九郎の威圧に耐えられなかったのだ。

平沼は甲走った気合を発しざま、青眼から逆袈裟に斬り上げた。

一瞬、この斬撃を察知した源九郎は、踏み込まずに八相から袈裟へ斬り下ろした。敵の斬撃をはじくためである。

キーン、という金属音がひびき、青火が散った。同時に、平沼の刀身が大きくはじかれた。

平沼がよろめいた。源九郎の膂力《りょりょく》のこもった一撃に、体勢をくずされたのである。

間髪を入れず、源九郎は短い気合を発し、二の太刀を袈裟に斬り込んだ。

ザクリ、と肩口の肉がひらいた。

次の瞬間、平沼の肩口から血が奔騰《ほんとう》した。

平沼は低い唸《うな》り声を上げ、二、三歩、後じさったが、つっ立ったまま、なおも青眼に構えようとした。

平沼の腰がぐらつき、刀身が大きく揺れた。着物の胸部から腹にかけ、血に浸したように赤く染まっている。

「ま、まだ、勝負はついておらぬ」

平沼は目をつり上げ、歯を剝き出し、烈火のごとき憤怒の形相で踏み込もうとしたが、足がよろめいた。

「とどめだ」

源九郎は踏み込みざま、刀身を突き出した。

平沼に、その刺撃をかわす余力はなかった。源九郎の切っ先が、平沼の胸部をつらぬき、背へ抜けた。

源九郎と平沼は身を寄せ合ったままその場に立っていたが、源九郎が刀身を引き抜くと、胸部から真っ赤な血が赤い帯のように噴出した。心ノ臓を突き刺したらしい。

平沼は顔をゆがめ、低い呻《うめ》き声を洩《も》らして腰からくずれるようにその場に転倒した。地面に伏した平沼は動かなかった。伏臥した胸の辺りから、蛇が叢《くさむら》を這《は》うような音が聞こえた。噴出した血が雑草の葉茎を打っているらしい。

源九郎は血刀をひっ提げたまま、菅井に目をやった。

三

菅井は切っ先を稲次にむけていた。稲次は背を縁側の脇の戸袋に当て、喘《あえ》いでいる。すでに菅井の斬撃を浴びたらしく、稲次は血まみれだった。

「や、やろう！　きやがれ」

稲次は、ひき攣《つ》ったような声を上げた。頬や首筋が赭黒《あかぐろ》い血に染まり、細縞の単衣も蘇芳《すおう》色に染まっている。

「稲次、観念してお縄を受けろ」

菅井は稲次に切っ先をむけたまま言った。

「てやんでえ、お縄をうけりゃァ、どうせ獄門首よ。こうなったら、おめえを道連れにあの世へ行ってやらァ！」

叫びざま、稲次が匕首を胸のあたりに構えて、体ごとつっ込んできた。

「やむをえん」

菅井は脇へ跳びざま、刀身を横に払った。

ドスッ、というにぶい音がし、稲次の上半身が前にかしいだ。菅井の一撃が腹を深く抉《えぐ》ったのである。

稲次は喉のつまったような呻き声を洩らし、腹を押さえてよたよたと前に歩いたが、ガクリと両膝を折ると、前につっ伏すように倒れた。叢に伏臥した稲次は身をよじるように動かしながら蟇《ひき》の鳴くような低い呻き声を洩らしていたが、やがて息絶えたらしく動かなくなった。

「始末がついたようだな」

源九郎が菅井のそばに来て声をかけた。

「そっちは」

菅井は返り血を浴びた顎のあたりを指先で、ボリボリ掻《か》いている。

「平沼は斃した」

「手傷を負ったのか」

菅井が源九郎の着物が裂けているのを見て訊いた。

「なに、腹にはとどいておらぬ」

源九郎がそう言ったとき、孫六がふたりのそばに駆け寄ってきた。

「まったく、ふたりとも、てえしたもんだ。腕だけは、だれにも負けねえ」

孫六が目を剝いて言った。

「腕だけはは、よぶんだな」

源九郎が苦笑いを浮かべた。

「ところで、これからどうしやす」

孫六が、升田屋と賭場の様子を見に行くか訊いた。

「町方にまかせておけば、いいだろう。いずれにしろ、これで伝兵衛長屋が壊されることはあるまい」

源九郎は、伊勢蔵の手下たちを捕縛するのは、町方の仕事だと思った。

そのとき、菅井が両腕を突き上げるようにして、

「おい、陽が射してきたぞ」

と、声を上げた。

見ると、東側の家並の上から陽が射し、源九郎たちのいる庭を照らしていた。

露草がかがやき、清々しい大気が辺りに満ちている。家々が、朝日のなかにくっきりとした輪郭をあらわし、遠近《おちこち》から戸をあける音が聞こえてきた。これから、

江戸の町が活況をていしてくるのだ。

「腹がへったな。長屋へ帰ろう」

菅井が言うと、源九郎と孫六が大きくうなずいた。


そのころ、村上に率いられた捕方が中島町の賭場に踏み込み、猪之蔵と三人の手下を捕縛した。賭場には、常三郎と河上もひそんでいたが、捕方に抵抗したのは常三郎だけだった。河上は右腕の傷が癒えていないため、刀がふるえなかったのである。

捕方が踏み込んだとき、河上は観念したのか、ひそんでいた奥の座敷で腹を切って自害した。

一方、常三郎は匕首をふりまわして捕方をてこずらせた。数人の捕方が常三郎を取りかこみ、十手だけでなく、近くの番屋から持参した六尺棒や袖搦《そでがら》み、突棒《つくぼう》などの長柄の捕具をつかって搦め捕ったのである。

村上の一隊が中島町の賭場を襲っていたころ、黒江町の升田屋にも数人の捕方が踏み込んでいた。捕方といっても、升田屋の場合は栄造を頭格とした数人の岡っ引きと下っ引きだけだった。それというのも、捕縛するのは甚十郎だけだったので、大勢はいらなかったのである。

升田屋の格子戸をくぐった栄造は、応対にあらわれた女将らしい女に、

「あるじはいるかい。ちょいと、訊きてえことがありやしてね」

と、おだやかな声で言った。できれば、十手をふりまわすような真似はしたくなかったのである。

女将らしい女はすぐに奥へ行き、いっときすると甚十郎を連れてもどってきた。まだ、起きたばかりらしく、甚十郎は眠そうに目をこすっていた。

「親分さん、なんです、朝早くから」

甚十郎は不満そうに言ったが、栄造にむけられた目には怯《おび》えたような色があった。

「すまねえが、番屋までいっしょに来てくんな。いろいろ訊きてえことがあってな」

「急にそんなこと言われても、てまえにも都合というものが……」

甚十郎の顔がこわばり、後じさりし始めた。町方が捕らえにきたと察知したようだ。

「いやだというなら、お縄をかけることになるぜ」

栄造がそう言うと、そばにいた捕方たちがいっせいに上がり框《がまち》へ飛び上がり、甚十郎を取りかこんだ。

「わ、わたしは、お上の世話になるようなことはしてませんよ」

甚十郎が声を震わせて言った。

「そんなら、怖がることはねえ。話を聞くだけで済むかもしれねえぜ」

栄造がそう言うと、甚十郎は観念したらしく、

「いっしょに、行きますよ」

と言って、自分から草履を履いた。

四

その日は小雨だった。菅井は朝から源九郎の部屋へ来て、持参した将棋盤の前に座り込み、

「ちかごろ、忙しくて将棋を指す暇もなかったからな」

そう言って、さっそく駒を並べ始めた。

「雨の日は、わしも仕事にならんな」

仕方なく、源九郎も盤の前に腰を下ろした。

　ふたりで将棋を指し始めてしばらく経ったとき、

「華町、一昨日、栄造が長屋に来たそうだな」

と、訊いた。将棋の形勢は源九郎が有利で、菅井は渋い顔をして将棋盤を睨《にら》んでいる。

「ああ、孫六といっしょに、ここにも来てな。いろいろと話していったよ」

　栄造は、捕らえた伊勢蔵や手下たちが、その後どうなったか、話しに来たのである。

　伊勢蔵たちを村上たちが捕縛して、十日ほど過ぎていた。この間、村上は伊勢蔵たちを南茅場町《みなみかやばちょう》の大番屋で、吟味したらしい。

　当初は伊勢蔵も手下もしらを切っていたが、まず、甚十郎が村上の拷訊《ごうじん》に耐えられずに吐いた。三崎屋の番頭だった甚十郎は、町方のきつい吟味に耐えられるほど腹の据わった男ではなかったのだ。

　甚十郎の自白により、賭場の貸元が伊勢蔵であることや、房次郎を言葉巧みに賭場へ誘い升田屋を脅し取ったことなどが判明した。

　その後、甚十郎が自白したことを知った猪之蔵、雪乃、いっしょに捕らえられた手先などが次々に白状した。そして、最後まで拷訊に耐えていた伊勢蔵も口を割ったのである。

「この長屋に目をつけたのは、伊勢蔵本人だそうだよ。回向院で行われた相撲を見た帰りに長屋のそばを通りかかり、この辺りで料理屋でもやれば客が集まるだろうと思ったようだな」

そう言って、源九郎が菅井の角の前に歩を打った。これで、角は逃げ場がない。

「うむむ……。それで、どうした」

菅井が唸り声を上げ、怒ったように訊いた。形勢は、大きく源九郎にかたむいている。

「そのときは、それだけだったが、房次郎からこの長屋の家主が三崎屋と聞き、急に欲しくなったようだ。……おい、そこへ逃げても無駄だぞ」

思わず、源九郎が言った。

菅井は角を桂馬の前に動かしたのだ。まずい手だった。そこへ角を移しても金の餌食である。しかも、金で角を取れば、王の逃げ道をふさぐこともできる。

「いいから、先を話せ」

菅井が苛立《いらだ》った声で言った。

「伊勢蔵は、料理茶屋だけでなく敷地内に離れを造り、そこに上客だけを集めて賭場もひらきたかったようだ。そうなれば、金儲けの他に縄張を本所界隈《かいわい》までひろげる足がかりができると踏んだのだな。それで、どうしてもこの長屋が欲しくなった」

「賭場か。……どうだ、この手は」

菅井が源九郎の王の前に銀を打った。苦しまぎれの手である。

「それで、房次郎を人質に取り、滝造たちを長屋に送り込むようなことまでしたのだな」

源九郎は飛車を寄せて難なく銀を取った。

「おのれ、汚い手を使いおって」

菅井が怒ったような声で言った。

「何が、汚い手だ。わしが飛車で取るのは、分かりきっているではないか」

「将棋のことを言ったのではない。伊勢蔵だ、伊勢蔵」

菅井は苦々しい顔をした。

「そろそろだな」

よほどの妙手でもなければ、十手ほどでつむだろう。

菅井が将棋盤を睨みつけながら唸り声を上げたとき、戸口で下駄の足音がした。

腰高障子があいて、お熊が顔を出した。何かいいことでもあったのか、満面に笑みを浮かべている。

「ふたりとも、すぐ来てくださいよ」

お熊が嬉しそうに言った。

「なんだ、いまちょうどいいところでな。手が離せん」

仏頂面をして、菅井が言った。

「なに言ってるんです。将棋なんか、いつでも指せるじゃァないですか。それより、来てるんですよ、伝兵衛さんが」

「大家のか」

源九郎が振り返って訊いた。

「そう、長屋のみんなが集まってるんですよ。それに、伝兵衛さん、長屋のみんなに話があるから来て欲しいって」

「それなら、行かずばなるまいな」

菅井はなぜかほっとした顔をすると、いきなり将棋盤に手を伸ばして駒を掻《か》き混ぜてしまった。どうやら、このままでは勝ち目がないと分かり、体よく勝負を投げたようだ。

「行ってみるか」

源九郎は苦笑いを浮かべて腰を上げた。

いつの間にか雨は上がっていた。まだ、上空は厚い雲でおおわれていたが、西の空が明るくなっているので、晴れてきそうだ。

井戸端を取りかこむように長屋の連中が大勢集まっていた。女房、子供、居《い》職《じょく》の亭主、年寄り……。茂次、孫六、三太郎の顔もある。

源九郎と菅井が近付くと、人垣が割れてなかほどに入れてくれた。

見ると、井戸端に伝兵衛の姿があった。満面に笑みを浮かべ、恵比寿のような顔に見えた。伝兵衛は源九郎と菅井を目にとめると、ふたりに頭を下げてから、

「三崎屋さんに、また、長屋の大家をやるように言われました」

と、声を大きくして言った。

すると、集まった住人たちから、歓声が湧き上がった。子供たちのなかには、飛び上がったり、はしゃいで母親のまわりを跳ねまわる者もいた。

「これも、みんな長屋のみなさんのお蔭です」

そう言った後、伝兵衛が、

「吉報がございます」

と声を上げて、一同を見渡した。

「三崎屋さんがおっしゃるには、今度の件はみなさんのお蔭で倅も無事にもどり、ならず者たちに長屋を奪われずに済みました、そのお礼に、向こう三月、店賃はいただかないとのことなのです」

伝兵衛がそう言ったとき、集まった住人たちは一瞬息を呑み、そして、どっと歓声を上げた。今度は子供たちだけでなく、亭主や女房連中まで歓喜の声を上げている。

「華町、これが用心棒代だな」

菅井が源九郎に身を寄せてささやいた。

「たまには、こういう礼金も悪くないな」

源九郎も、目を細めて満足そうな顔をした。

「さて、気分がよくなったところで」

おもむろに、菅井が言った。

「どうするつもりだ」

源九郎が菅井に顔をむけた。

「将棋だよ、将棋」

菅井が当然のことのように言った。

「もう、勝負は済んだではないか」

部屋を出る前に、菅井は駒を掻き混ぜて勝負を投げていたのだ。

「なに、初めからやればいい」

そう言って、菅井は源九郎の袖を引いた。

源九郎はうんざりした顔で、菅井の後についていく。

双葉文庫

と-12-17

はぐれ長屋《ながや》の用心棒《ようじんぼう》

長屋《ながや》あやうし

2008年8月20日　第1刷発行
2020年4月27日　第8刷発行

【著者】
鳥羽亮《とばりょう》

【発行者】
箕浦克史

【発行所】
株式会社双葉社
〒162-8540 東京都新宿区東五軒町3番28号
［電話］03-5261-4818(営業)　03-5261-4833(編集)
www.futabasha.co.jp
(双葉社の書籍・コミックが買えます)

【印刷所】
株式会社新藤慶昌堂

【製本所】
株式会社若林製本工場

【表紙・扉絵】南伸坊
【フォーマット・デザイン】日下潤一
【フォーマットデジタル印字】飯塚隆士

ISBN978-4-575-66341-9 C0193
Printed in Japan

鳥羽亮	はぐれ長屋の用心棒	長編時代小説〈書き下ろし〉	長屋の住人の吾作が強盗に殺された。残された娘のおしのは、華町源九郎や新しく用心棒仲間に加わった島田藤四郎に、敵討ちを依頼する。
鳥羽亮	きまぐれ藤四郎	長編時代小説〈書き下ろし〉	家督騒動で身の危険を感じた旗本の娘が、島田藤四郎の元へ身を寄せてきた。華町源九郎は騒動の主犯を突き止めて欲しいと依頼される。
鳥羽亮	おしかけた姫君	長編時代小説〈書き下ろし〉	鬼面党と呼ばれる全身黒ずくめの五人組が、大店に押し入り大金を奪い、家の者を斬殺した。華町源九郎らは材木商から用心棒に雇われる。
鳥羽亮	疾風の河岸	長編時代小説〈書き下ろし〉	はぐれ長屋に住んでいた島田藤四郎が剣術道場を開いたが、門弟が次々と襲われる。敵の狙いは何か？源九郎らが真相究明に立ちあがる。
鳥羽亮	剣術長屋	長編時代小説〈書き下ろし〉	陸奥松浦藩の剣術指南をすることとなった、華町源九郎と菅井紋太夫を襲う謎の牢人たち。つ␣いに紋太夫を師と仰ぐ若い藩士まで殺される。
鳥羽亮	怒り一閃	長編時代小説〈書き下ろし〉	華町源九郎たち行きつけの飲み屋で客二人と賄いのお峰が惨殺された。下手人探索が進むにつれ、闇の世界を牛耳る大悪党が浮上する！
鳥羽亮	すっとび平太	長編時代小説〈書き下ろし〉	老武士と娘を助けたのを機に、出奔した者を上意討する助太刀を頼まれた華町源九郎と菅井紋太夫。東燕流の秘剣〝鍔鳴り〟が悪を斬る！
鳥羽亮	老骨秘剣 はぐれ長屋の用心棒		

鳥羽亮
はぐれ長屋の用心棒
うつけ奇剣
長編時代小説〈書き下ろし〉
何者かに襲われている神谷道場の者たちを助けた華町源九郎と菅井紋太夫。道場主の妻に亡妻の面影を見た紋太夫は、力になろうとする。

鳥羽亮
はぐれ長屋の用心棒
銀簪《ぎんかんざし》の絆
長編時代小説〈書き下ろし〉
大店狙いの強盗「聖天一味」の魔の手を恐れた長屋の家主「三崎屋」が華町源九郎たちに店の警備を頼んできた。三崎屋を凶賊から守れるか。

鳥羽亮
はぐれ長屋の用心棒
烈火の剣
長編時代小説〈書き下ろし〉
はぐれ長屋に引っ越してきた訳ありの父子。三人の武士に襲われた彼らを助けた華町源九郎たちは、思わぬ騒動に巻き込まれてしまう。

鳥羽亮
はぐれ長屋の用心棒
美剣士騒動
長編時代小説〈書き下ろし〉
敵に追われた侍をはぐれ長屋に匿った源九郎。端整な顔立ちの若侍はたちまち長屋の人気者となるが……。大好評シリーズ第三十弾！

鳥羽亮
はぐれ長屋の用心棒
娘《こ》連れの武士
長編時代小説〈書き下ろし〉
はぐれ長屋に小さな娘を連れた武士がやってきた。源九郎たちは娘を匿うことにするが、どうやら何者かが娘の命を狙っているらしく……。

鳥羽亮
はぐれ長屋の用心棒
磯次の改心
長編時代小説〈書き下ろし〉
はぐれ長屋の周辺で殺しが立て続けに起きた。源九郎は長屋にまわし者がいるのではないかと怪しむが……。大好評シリーズ第三十二弾。

鳥羽亮
はぐれ長屋の用心棒
八万石の危機
長編時代小説〈書き下ろし〉
かつて藩のお家騒動の際、はぐれ長屋に身を寄せた青山京四郎の田上藩に、またもや不穏な動きが……。源九郎たちが再び立ち上がる！